徳 間 文 庫

さばけ医龍安江戸日記

# 侍 の 娘

稲葉 稔



徳 間 書 店

# 目次

第一章　佐　和　5
第二章　二人の侍　44
第三章　雨の道　87
第四章　尾　行　129
第五章　闇の足音　175
第六章　星　空　218
あとがき　290
稲葉稔〈時代・歴史作品〉リスト　293

# 第一章　佐和

## 一

おすみはうすれゆく意識の中で、自分の首を絞める男の両手首をつかんだ。しかし、男の手を引き剝《は》がすことはできなかった。死にたくないという思い、殺されたくないという恐怖から、必死に体を動かして抗《あらが》っていた。

髪も着物も乱れ、白い両の太股《ふともも》が明るい日の光にさらされていた。息苦しさから逃れようと、顔をそむけるように首を動かそうとしても、それはもう無駄なことだった。

体から力が抜けてゆき、生きる気力をなくしてゆく。

(死ぬんだ……殺されるんだ……そんなのいやだ！　助けて、助けて！)

心の内で叫んでも、どうすることもできなかった。

視界と意識がぼやけてゆく。徐々にあきらめの境地になっていった。苦しさも、殺されるのだ、死ぬのだという恐怖も弱まっていった。

頭のなかでいろんなことが思いだされた。

貧乏だった。

満足に食べることなどできなかった。着るものはいつも汚れていた。継《つ》ぎ接《は》ぎだらけのみすぼらしい着物しか着られなかった。

軒が傾き、そこらじゅうに隙間《すきま》のある荒屋に住んでいた。

夏は茹《ゆ》だるような暑さにへたばり、冬は寒さに耐えるために、薄い布団に丸くなって寝るしかなかった。

雨が降れば雨漏りがした。強い風の日には、家が倒れそうになった。親も兄妹もみんな辛抱しながら飢えていた。それが生きることだと思った。

それでも楽しいときもあった。腹を抱えて笑ったこともあった。

でも、それは……。

束《つか》の間のことでしかなかった。

いつもいがみ合う声がまわりにあった。意地の悪い村の者は隙あれば人の物を盗み、人にねだり、施しを受けることを望んだ。人になにかを与えるようなことはなかった。

どうして仲良くできないの？　どうして助け合えないの？

幼いころからおすみはいつも思っていた。

心安らぐときがあったとすれば、それはきっと……。

菜の花畑。

黄色く一面に広がる菜の花畑は、かぐわしい香りを放ち、おすみの心に喜びと安寧をもたらしてくれた。

（大好きな菜の花畑）

あたたかな光に包まれ、風にそよぐ菜の花畑では、蜜蜂が舞い、鳥たちがさえずっていた。おすみは黄色い花に囲まれた畝《うね》のなかを駆けた。甘くてかぐわしい匂いがしていた。このままずっと菜の花のような平和がつづけばいいと思っていた。

首を絞められつづけるおすみは、うっすらと目を開けた。青い空とまぶしい光があった。そして、覆いかぶさるようにして自分の首を絞める男の影があった。

おすみはその男の顔を見た。じっと、見つめた。

（な、なぜ……）

心の内で疑問をつぶやいたとき、すべてが終わるのを感じた。

そして、短い生が終わった。

二

おぎゃあー、おぎゃあー……。

難産の末に生まれた赤ん坊は元気な泣き声をあげた。

菊島龍安《きくしまりょうあん》はふうと、肩を動かして額の汗を手の甲でぬぐった。

「男の子だ」

龍安がつぶやくようにいうと、母親はそれまで眉間《みけん》にしわを寄せて苦しんでいた顔をほころばせて、自分の赤ん坊にやさしい微笑《ほほえ》みを投げかけた。

「先生、助かりました」

取上婆さん（産婆）が深々とお辞儀をして礼をいった。

「無事に生まれてなによりだった」

「へえ、ほんとうに……とにかく先生が来てくださらなかったら、どうなったかわかりません」

取上婆さんは、湯桶を差しだし、手を洗うように龍安に勧めた。

「お千代《ちよ》さん、あんたの息子だよ。跡取りが無事に生まれたよ」

取上婆さんは赤ん坊を布子の産着で包み、母親のお千代の枕許《まくらもと》に置いた。赤ん坊は泣きつづけている。お千代は慈愛に満ちた眼差《まなざ》しを赤ん坊に向けて、やわらかな頬《ほお》や頭を撫《な》でた。その間に、表で待っている亭主連中の、

「おい、生まれたのか?」

「入っていいか?」

「男か女か?」

などという声がしていた。

龍安が取上婆さんにうなずくと、婆さんはしわくちゃの顔をほころばせて、

「お入りよ。無事に生まれましたよ」

「もうよかろう」

と表に声をかけた。

さっと腰高障子が開き、お千代の亭主・八助《やすけ》と同じ長屋の連中が、雪崩《なだれ》を打つように入ってきた。狭い家のなかが喜びの声で満ちあふれ、祝いの言葉がいくつも重ねられた。

龍安はそんな様子を眺めてから家路についた。

橘町《たちばなちょう》四丁目の長屋から使いがやってきたのは、その日の暮れ方だった。赤ん坊が

生まれそうだが、難産で取上婆さんが手を焼いている。龍安は医者だから手伝うことはできるだろう。是非とも助けてやってくれと、使いがいう。

龍安は、本道医（内科）である。もっとも必要があれば外科の処置も行うが、産科は専門ではない。かといってこの時代の医者は、必要に迫られればなんでもこなさなければならないので、乏しい知識をもとにお産の手伝いをしたのである。

無事に出産できたからよかったが、難産の末の死産だったり、出産の苦痛と疲労で母親が死んでしまったらどうしようかと、内心ひやひやしていたのである。そんなことはめずらしいことではなかった。

医者を恨んではいかんという風潮は、庶民に根づいてはいるが、実際はなかなかそうはいかないのが現実だった。助けに行った医者が、

「あのやぶのせいで、うちの嬶《かかあ》が死んだのだ」

ということはめずらしくなかった。

好意を施して恨まれるのは損である。龍安も、そればかりは回避したかったが、無事に終わって、胸をなで下ろしていた。

お千代の家に駆けつけたときは、衰えた日射しが屋根の向こうに傾いていたが、いまはすっかり宵闇《よいやみ》が濃くなっていた。

月は薄い雲の向こうでぼやけていて道は暗いが、風は寒くもなく暑くもなく、肌に心地よかった。垣根の向こうに、人の目を楽しませてくれる立葵《たちあおい》や紫陽花《あじさい》が、暗い闇に沈んでいた。もうそこから、横山同朋町《よこやまどうほう》の自宅はすぐだった。

「ただいま戻った」

声をかけると、久太郎《きゅうたろう》が奥の土間から姿を見せた。

「いかがでした？」

「うむ、無事に生まれた」

龍安は上がり框《かまち》に腰をおろして、再び安堵《あんど》の吐息をついた。

「それはようございました。無事に生まれなかったらどうしようかと心配していたんです。それじゃ一杯やりますか？」

「うむ、つけてもらおう」

「おたねさんが浅蜊《あさり》の佃煮《つくだに》を作っていきましたから、いい肴《さかな》になります」

久太郎は嬉しそうな顔をして台所に戻っていった。おたねとは、一日置きに通ってきては、煮炊きや裁縫などの雑用をする年寄りだった。

龍安は十徳《じっとく》を脱ぎ、楽な家着になってから居間に腰をおろした。隣は診察部屋になっていて、その隣の部屋が患者の控え所となっていた。診察部屋には薬種棚や百味簞《ひゃくみだん》笥《す》が置かれている。

龍安は膳拵《ぜんごしら》えが調う間、明日のことを考えていた。午前中は通い療治にくる患者の診察に追われると決まっているが、午後は往診その他雑用がある。

おおむね午前中の仕事は金にならない。患者は近所の貧乏人ばかりで、まともな治療費の請求ができない。もらったとしても十六文。ときには一文も取らないことがある。

要するにただで治療しているのだ。調合した薬などを出すので、文字通りの赤字である。そのために、近所では「明神《みょうじん》様のようなお医者」あるいは「明神様のような龍安先生」と呼ばれている。

ところが口の悪い職人などは、丁寧にはいわず「明神医」あるいは「明神の龍《りゅう》」などといっている。

「具合が悪かったら、明神医にかかりゃいいんだ」

とか、

「体がおかしいなら、明神の龍に診てもらったらどうだ」

などとなる。

もちろん、その言葉自体に悪意は含まれておらず、むしろ尊敬の念が込められているのだが、その裏には「ただで診てくれる便利な医者」という観念があるのもたしかだった。

龍安はそのことを承知しているが、馬耳東風の体《てい》をよそおっている。しかし、霞《かすみ》を食って生きるわけにはいかない。それゆえに午後の往診は重要だった。

往診先のほとんどは、大身旗本、大名家、裕福な商家などだ。施療に対する薬礼（治療代）はこのときばかりはきちんといただく。

それもときにべらぼうに吹っかけることがあるが、相手はその程度では動じない家柄ばかりであったし、龍安の信頼が揺らぐことはなかった。

（明日は久しぶりに高山《たかやま》様のお宅を……）

龍安がそう考えたときに、久太郎が酒肴を運んできた。

「おたねさんの作るのは、口に合うときと合わないときがありますが、これはなかなかいけます。酒にはぴったりです」

久太郎は手酌をしながらいう。

「口に合わないのはどういうものだ」

「そりゃあいろいろです」

「生意気をいうな」

龍安がぴしゃりというと、久太郎はひょいと首をすくめる。

「贅沢をいってはならぬ。おたねはなんでも丹精を込めて作っているのだ。文句をいうな」

「は、はい」

久太郎は殊勝な顔になり口を閉じるが、その口はすぐに開く。

今日の患者の誰それは金があるのだから、きちんと金をもらわなければだめですよ。薬礼がたまっている患者がいるが、どうするか。なにも患っていないのに、暇つぶしにおしゃべりに来る婆さんをこのまま放って置いていいかなどと、おおむね患者の話になったかと思えば、どこで聞いてきたのか知らないが、去年刑死した吉田松陰《よしだしょういん》という人はなかなかな人間だったなどと話す。

久太郎は龍安宅に居候をして医道を学んでいる助手である。元は喧嘩っ早くあきっぽい大工だった。小梅《こうめ》村の百姓の出で、母親を三日コロリで亡くしていた。龍安に拾われて四年ほどになるが、その間にずいぶん大人になってきた。

近ごろでは最初の生意気さもうすれ、人のことがよくわかるようになっている。勉強もよくするし、龍安の教えにもよくしたがうようになっている。酒好きなのは玉に瑕《きず》ではあるが、大きな過《あやま》ちは犯さないのが救いだった。

「それで先生、明日は……」

と、久太郎がいいかけたとき、表から声がかかった。

「こちらは菊島龍安殿の宅でありましょうか。折り入ってお頼みしたいことがあります」

堅苦しいものいいから侍だと思われた。

龍安は久太郎と目を合わせると、

「通せ」

と命じた。

三

訪問者は眼光鋭く、無精ひげを生やした浪人の風体であった。年のころは四十半ばだろうか。そのように思われた。

「それがしは岡野伊右衛門《おかのいえもん》と申します。菊島龍安殿は名医だとの噂を耳にいたし、また牛込の試衛館《しえいかん》にて免許を修められた方だと知り、無理を承知での願いでございます」

龍安は眉宇《びう》をひそめた。

自分が試衛館で天然理心流《てんねんりしんりゅう》を修めたのを知っている者は多くない。つとめて武士であったことは伏せているので、とくにこの界隈では知られていないはずだ。

「それに元は幕臣であったとか……」

龍安は曖昧《あいまい》にうなずいた。小普請組の御家人だったのはたしかである。いったいそのことをどこで、この岡野という男は調べてきたのだろうかと訝《いぶか》った。

「つまり、菊島殿は武士でありましょう。武士ならきっと口も固いはず。それを信じての頼み事であります」

岡野伊右衛門はちらと久太郎を見て、

「二人だけにしてもらえませぬか」

と、人払いを請うた。

なにやら意味深な話があるようだ。龍安は久太郎に目配せをして、下がっておれと命じた。襖《ふすま》が閉められ、二人だけになった。

行灯《あんどん》のあかりを右頬に受ける伊右衛門は、襖の向こうに久太郎の気配がなくなるまで口を引き結び、めずらしそうに診察部屋を見まわしていた。

「やはり医者なのですね」

ずいぶんたってから伊右衛門はつぶやくようにいった。

「それで、相談の儀は……」

龍安は伊右衛門をまっすぐ見た。

「いまは詳しく申すわけにはまいりませぬが、ひとり診てもらいたい女がいます。それも急ぎでございます」

「悪い病にでも……」

「わかりませぬ。ただの風邪ならよいのですが、もしそうでなければ困ります。死なれるようなことがあっては一大事なのです」

龍安は片眉《かたまゆ》をひそめて、

「熱でもおありですか？」

と、訊《き》いた。

「高熱です。もう三日も下がりませんで、あれこれ自家薬療をしていたのですが、どうにもならず困っているのです」

「三日も熱が下がらぬというのはただごとではありませんな」

「菊島殿、内密に診てもらえませぬか」

「なにゆえ、内密に？」

「深いわけがあるのです。いまここで申すわけはまいりません」

龍安はふむとうなって、腕を組み、伊右衛門をじっと見た。

「どんなわけがあるのか存じませんが、薬礼はちゃんと戴《いただ》きますよ」

龍安は値踏みするように伊右衛門を見てからいった。

「むろん、支払いはまちがいありません。早速にもお願いできますか」

伊右衛門は膝《ひざ》をすって両手をつくと、頭をさげた。

「お宅はどちらです？」

「本所の東、柳島村です。徒歩では刻《とき》がかかりますゆえ、舟を仕立てます」

「ずいぶん遠いですな。もっと近場に医者はいるでしょうに……」

「口の軽い信用のおけぬ医者にあたったら困るのです」

「どうお困りなのか知りませんが、病人を長く放っておくのは、いささか問題ではありませんか」

龍安はわずかに咎《とが》め口調でいった。

「承知しておりますが、いかんともしがたく……。とにかくお願いできますか？」

伊右衛門にどんな内情があるのかわからないが、困っている者を放って置くわけにはいかない。

「では、しばらくお待ちを……」

龍安は着替えにかかり、薬箱にいくつかの薬草と煎《せん》じ薬を入れて家を出た。

久太郎がどこへ行くのだと聞いたが、遅くはならないと答えたのみだった。

表に出ると、伊右衛門は先を急ぐように歩き、薬研堀《やげんぼり》で舟を仕立て、

「本所にやってくれ」

と、船頭に指図をして、急げと付け足した。

船頭は提灯《ちょうちん》に火を入れて、舟を出した。漆黒の闇に包まれた大川の水面《みなも》で、舟提灯のあかりがちらちら揺れていた。

雲が厚く、月も星もない。

龍安はまた雨が降るのだなと思った。

「わたしのことをどこで……」

龍安は伊右衛門の広い背中に問いかけたが、彼は黙っていた。それともどう返答すべきか考えているのかもしれない。

「……どこでわたしのことを？」

もう一度問いかけると、伊右衛門がゆっくり振り返った。

「町の者に聞いたのです」

誤魔化しだとわかった龍安は、ふっと、吐息をついて、もうそのことは聞かないことにした。いずれは話してくれるかもしれない。話してくれなくても、自分は患者を診るのが仕事なのだと割り切った。

舟は竪川《たてかわ》に入って、両側につらなる町屋をやり過ごすようにまっすぐ進む。軒行灯のあかりがあり、千鳥足の男が河岸道を歩いていた。

舟は大横川に入り、法恩寺橋のたもとにつけられた。

「なにやら人にいえぬわけがあるようですな」

龍安は無口な伊右衛門に問いかける。

やはり、返答はない。伊右衛門は先を急ぐように歩くだけだ。だが、龍安の足許に提灯のあかりをかざすのは忘れていなかった。

法恩寺の門前を過ぎ、今度は左に折れて、寺の唐塀沿いに道を拾ってゆく。周囲には沈み込むような静寂があった。

やがて、右に折れて竹林の間を縫う道を辿《たど》る。風が竹篠の乾いた音を立てていた。

その先に、一軒の家があった。薄いあかりが戸板から漏れている。

「こちらです」

がらりと戸を引き開けた伊右衛門は、奥に向かって、

「ただいま戻りました」

と、声をかけた。

土間を上がった座敷の奥に寝間があるらしく、その襖の隙間にあわい光があった。

「お医者を連れてまいりました。失礼いたします」

伊右衛門は再度断って、襖を開けた。夜具が延べられており、そこに女が寝ていた。

龍安が伊右衛門を見ると、目顔で中に入れという。

「いかがされました」

龍安は病人を安心させるような声で、枕許に座った。すると、女がうっすらと目を開けて、龍安を見つめてきた。

あわい有明行灯に染まったその顔は、どきりとするほど美しかった。世なれている龍安でさえ、はっと目をみはったほどである。

四

「お医者……」

女は若かった。

十五、六歳だろうか。ふっくらとやわらかそうな頬に、小さめの口に肉づきのよい唇。高からず低からずといった鼻。すんだ瞳。だが、その目には熱が見て取れた。
「熱がおありだな。失礼……」

龍安は女の額に手をあてた。高熱だ。

「寒気は？」

「寒うございます」

布団は十分掛けてある。手を取って脈を診た。異常はない。

「食欲はありますかな」

「今朝は粥《かゆ》を……。昼には玉子をとじ、豆腐のみそ汁をお食べになっています」

伊右衛門が答えた。

「すっかり食べられましたか？」

女は、ゆっくり顎《あご》を引いてうなずいた。

「咳《せき》は？」

女は首を横に動かした。

「腹を下してはいませんか？」

女はいいえと、小さく唇を動かした。

なぜか、この女と接するだけで、龍安は丁寧な言葉を使わなければならないという、そんな思いにとらわれた。

いくつかのことを聞いていったが、とくに悪い病気ではないようだ。

「おそらく風邪でしょう。薬を出しておきますので、それを飲んで様子を見てください」

「それだけで……」

敷居の向こうに控えている伊右衛門が、驚いたような顔をした。

「とくに悪いところがあるとは思えません。熱が下がったところで、もう一度診ることにします」

伊右衛門は間を置いてから、

「では、そのようにお願いいたします」

と応じた。

龍安は葛根湯《かっこんとう》と熱冷ましをわたした。熱冷ましは、解熱に効く柴胡《さいこ》であった。

その後、居間に移って茶をもてなされた。

「ほんとうに風邪でございましょうか？」

伊右衛門が心細げな目を向けてくる。

「とくに悪い病があるとは思えません。咳はないが、おそらく風邪をこじらせただけでしょう。熱で体が弱っているようだから、できるだけ食べさせてやってください」

「そういうことでしたか……。いや、よかった」

伊右衛門は心底安堵した顔になって、茶を含んだ。

「名は？　……あの方の名は？」

「佐和《さわ》様」

伊右衛門はつぶやくようにいって、言葉を足した。

「さる御旗本の妾腹《しょうふく》の娘なのですが、ゆえあってわたしが預かり面倒を見ているのです。それももう長くはないでしょうが……」

「どういうことです？」

「それは申せぬこと……ご勘弁願います。だが、菊島殿には世話をかけました。熱が下がるまでは安心できませんので、もう一度診に来ていただけますか」

「むろん、そのつもりです」

「して、薬礼はいかほどで……」

「今夜でなくてもよいでしょう。佐和様が快復されたあとで頂戴します」

「では、そのように……。送ってまいりましょう」

「いや、道はわかります」

「では表まで」

龍安は伊右衛門とともにその小さな陋屋《ろうおく》を出た。

竹林を抜けたところまで伊右衛門は送ってきて、

「先生、なにとぞよろしくお願いいたしますが、佐和様のことは他言無用に願います。もし、漏れるようなことがあったら、みどもは先生のお命を頂戴いたします」

と、表情を引き締めた。提灯のあかりを受けるその双眸《そうぼう》は、本気だった。

しかし、名を呼ばず、相手を敬うように「先生」と言葉を変えていた。

「よくはわかりませんが、そうおっしゃるなら他言はいたしません。どうかご安心を。それにわたしは、まだ死にたくはありませんから」

龍安は片頰に小さな笑みを浮かべ「では」といって、伊右衛門に背を向けた。

舟を降りた法恩寺橋までは三町ほどの距離だった。その間に、龍安は佐和と伊右衛門の関係をあれこれ推量してみたが、まったくつかみ所がなかった。

ただ、佐和がある旗本の妾《めかけ》の子で、伊右衛門は誰かに佐和の面倒を見るように命じられているということだけはわかる。その裏にどんな経緯があるのかは皆目見当もつかない。それでも、佐和の手を取ったとき、

（これはただならぬ女）

だと思った。一言でいうなら高貴な女。そんな雰囲気があった。しかしながら妾の子である。その辺のことがよくわからなかった。

（他人のことを穿鑿《せんさく》してもはじまらぬ）

龍安は自らを律して大横川の河岸道を歩いた。しばらく行ったところで船着場を見つけた。

五

雨がまた降りはじめた。

長屋の屋根に切り取られた空を見あげた川端孫兵衛《かわばたまごべえ》は、腰高障子を閉めると、居間にあがってあぐらをかいた。狭い台所で妻のおみつが朝餉《あさげ》の支度をしている。その隣で、一人娘のふさが手伝いをしていた。ふさは五歳になって、ようやく親の手を離れ、ひとり留守番をしたり、近所への使い走りができるようになった。

生来おっとりした性格で、愛らしいふっくらとした丸顔は愛嬌があり、長屋のおかみ連中にも可愛がられている。そのことに孫兵衛は安堵しているのだが、日々の暮らしはきついままであった。

（金がほしい）

孫兵衛の頭には常にそのことがある。

竈《かまど》から立ち昇る煙が蔀戸《しとみど》から雨の降る表に流れ出ていたが、一部は家のなかにくすぶり、目にしみた。孫兵衛は蕪《かぶ》の漬け物を切るおみつの後ろ姿を黙って眺めた。食うや食わずでも、女は勝手に背にも尻にも肉がつき、まるみを帯びてきた。食うや食わずでも、女は勝手に太る太るものなのか。それに比べ自分はと、痩《や》せた膝を手のひらでさすった。節くれだった手をにぎりしめて開いた。その指は竹刀《しない》だこで硬くなっていた。

（なぜ、こんな世の中に生まれてきたのだ）

孫兵衛はけば立った畳に視線を落とした。昔は下々の、それこそ百姓の身分からでも大きな出世がかなったと聞く。太閤秀吉は百姓だったそうではないか。

だが、そんなことをいくら悔いても、羨《うらや》んだところで、立身出世はかなわないと思い知っている。

（もはや侍の世は終わった）

それは、だれもが知っていることだった。侍より裕福な商人が威張り、何人もの職人を抱える頭《かしら》が羽振りを利《き》かせている。金のあるものが力を持っている。ならば、自分もそうすればいいではないかと、思うことしばしばだ。

「ご飯できたよ」

ふさが愛らしい顔を振り向けて、湯吞みをわたしてくれた。

「これへ、これへ……」

孫兵衛はふさを自分の隣に座らせた。出涸《でが》らしのような味気ない茶に口をつけると、おみつが膳部を調えてくれた。

質素である。

飯、蕪《かぶ》の漬け物、みそ汁、そして豆腐……。

それだけである。

愚痴をいいたいが、稼ぎのない身の程を知っているから、孫兵衛は黙って飯に箸をつける。幼いふさはそれがあたりまえの食事だと思っているらしく、楽しそうに箸を動かし、薄いみそ汁をすする。

おみつは上がり口に黙り込んで控えている。腹が減っているのを我慢している。その証拠に膳部を見まいとうつむいていた。出会ったときから万事控えめで無口な女だった。

「今日は店に出るのか？」

　孫兵衛は飯を食い終えてからおみつを見た。

　雨の音が激しくなっている。

「はい。出ないといけませんから」

「………」

「あなたは……」

「桂庵《けいあん》に行って来る。そろそろ仕事が入るはずだ」

　孫兵衛は渡り中間《ちゅうげん》を生業《なりわい》にしていた。紹介は桂庵と呼ばれる人宿頼みだ。これは口入屋のことで、一種の職業斡旋所《あっせんじょ》だった。

「よいところが見つかればいいのですが……」

　おみつはもの憂い顔でいって、小さな吐息をついた。

「ご馳走様でした」

　ふさが元気な声を発した。

　それを機に、おみつは片づけをして、簡単に髷《まげ》を整えると、傘をさして出かけていった。仕事先は堀江町の塩物屋だった。そのおかげで売れ残った塩物をもらってくることがある。鯖《さば》、鮎《あゆ》、鯛《たい》、鰈《かれい》などといった魚の塩漬けから、昆布や貝類もある。稼ぎの少ない孫兵衛宅では貴重な食料源となった。

「お頼み申す」

おみつが出かけていってから小半刻ほどしたとき、そんな声が戸口の向こうにあった。

「こちらは川端孫兵衛殿の宅ですな」

「さようですが……」

孫兵衛は三和土《たたき》に下りて腰高障子を引き開けた。番傘をさした二人の侍が立っていた。雨のしずくがその顔に斜線を作っている。

「おてまえは？」

二人の侍はすばやく家のなかに目を走らせて、孫兵衛に顔を戻した。

「拙者は古山勘助《ふるやまかんすけ》と申す。これにいるのは脇坂権十郎《わきさかごんじゅうろう》と申す。手間はとらせぬので、暇《ひま》をもらえまいか」

言葉は丁寧だが、有無をいわせぬひびきがあった。

「いったい何用で？」

「仕事について話をしたい」

孫兵衛はその一言で食指を動かした。

「よかろう」

答えた孫兵衛は表で待っているようにいい、

「ふさ、留守を頼む。遅くはならぬが、雨も降っていることだしあまり遠くに遊びに行ってはならぬぞ」

と、ふさに命じてから家を出た。

脇坂と古山の二人は、長屋の木戸口を出たところで待っていた。

「ついてまいれ」

孫兵衛が近づくと脇坂が見下したような顔をしていった。一瞬ムッときたが、仕事にありつけるかもしれないという思いで孫兵衛はついていく。歩きながらどんな仕事なのだろうかと期待もした。

表道にはあちこちに水溜《みずた》まりができていた。どの店も表戸を開けてはいるが、暖簾《のれん》が濡れるのを嫌って巻きあげている。

竿と魚籠《びく》をさげた町人らしき男が、裸足《はだし》で駆け抜けていった。雨で仕事ができないから、釣りに行くのだろう。酔狂なものだと思う。

脇坂と古山は富沢町の町外れにある一膳飯屋に孫兵衛を案内した。

「ここでよかろう」

脇坂がそういったところから、どこの店でもよかったようだ。

店のすぐ先には浜町堀に架かる栄橋があった。その橋も激しく降る雨に烟《けむ》っていた。飯屋は雨のせいで暗い。店の四隅に行灯が点《とも》されているだけだった。

三人は入れ込みの隅に腰を据えた。

窓のすぐそばで、庇《ひさし》から落ちる雨のしずくが間断ない。なにも注文しないわけにはいかないからと、古山が銚子を三本頼んだ。肴はなんでもいいと、いい加減である。

酒肴が届けられるまで二人は黙っていた。孫兵衛は落ち着かない。

脇坂権十郎は体が大きく、見るからに胸板が厚い。眉が太くて濃かった。古山勘助は中肉中背で、色白だ。一重の細い目が鋭い。二人とも三十前後と思われた。

「それでどんなご用で……。さきほどは仕事だと申されたが……」

酒肴が届けられると、まず脇坂と古山が独酌をしたのを見てから、孫兵衛も自分の盃《さかずき》に酒をついだ。

「孫兵衛殿は、葛西《かさい》の出だそうだな」

古山がじっと見てきた。どこでそれを聞いたのだろうかと、孫兵衛は疑問に思ったが、黙ってうなずいた。

「元は百姓だったと……」

その言葉に孫兵衛はドキリとした。このことはよほど親しいものでも知らないことだった。

驚いたように目を瞠《みは》っていると、古山は言葉をついだ。

「侍に憧れ、江戸に出てきて剣術の修行をし、中間奉公をしている」

「………」

「剣術はなかなかのものらしいではないか。天然理心流の佐川《さがわ》道場ではわずか三年で免許をもらったとか……」

「お粗末であります」

「なに、お粗末であろうか。天然理心流の免許を得るには、並の者なら十年はかかる。それを三年とは、なかなかできるものではない」

孫兵衛は面映《おもは》ゆくなり、視線を膝に向けた。

「だが、佐川道場はあまり名の知られぬ町道場。玄武館《げんぶかん》や士学館《しがくかん》、あるいは練兵館《れんぺいかん》とは位の差があろう」

古山は江戸の三大道場をあげ、やや蔑《さげす》むような目を向けてくる。人をいい気にさせておいて、突き落とすようなものいいに不愉快さを覚えた。

それでも孫兵衛は表情を変えずに、

「まあ、小さな道場でありますから、玄武館や士学館と比べられてもしかたありますまい。だからといって、佐川道場が力で劣っているとは思いません」

と、ささやかな反撃をした。

二人はさも楽しそうに顔を見合わせて、にやりと笑った。

「それで仕事とは……」

孫兵衛は盃を膝許に置いて、脇坂と古山を交互に見た。

「人は斬《き》ったことはあろうか？」

至極真顔になって聞くのは古山だった。

「人を……まさか……」

と答えはしたものの、孫兵衛は顔をこわばらせた。

「まさか、それが仕事だというのではありますまい」

「礼は百両。受けてくれるなら、前金で三十両わたす」

孫兵衛は冗談だと思いたかった。だが、二人の顔色を見るかぎりその様子はない。

雨音が急に遠ざかる錯覚を覚えたほどだ。

「暮らしはきつかろう。百両あれば生計《たつき》の助けになろうし、ちょっとした商売の元手にもなる。悪い話ではないはずだ」

古山は人の心をのぞき込むような目を向けてくる。

「いまここで無理に返事はしなくてよい。二日の猶予をやるので、その間に決めてくれればよい」

「相手は誰です？」

「それは仕事を受けてくれたあとのことだ。……考えてくれるか？」

古山は盃を口に運び、上目遣いで見てくる。

孫兵衛はがらんとした店内に視線を泳がせた。百両あれば苦しい暮らしから抜けられる。借金を払っても十分残る。おみつに小さな商売をさせることもできる。ふさに辛抱を強いなくてもすむようになる。

「貴公の腕を買っての相談である。無理だというなら、この話は聞かなかったことにしてくれ」

逡巡《しゅんじゅん》している孫兵衛を見た古山は、腰をあげかけた。

「お待ちくだされ」

孫兵衛は慌てて声をかけた。

「考えさせてください」

「……よかろう」

古山は浮かしかけた尻をおろして言葉をついだ。

「明後日《あさって》、この店でこの時刻に……。それでよいな」

「承知しました」

六

龍安の診察部屋から庭が見える。

濡れ縁の先に雨に濡れそぼる楓《かえで》や、鮮やかな青い葉をつけた柿の木がある。

木は夏の熱い日射しを遮ってくれるし、強い風も防ぐが、四季のうつろいを感じさせもする。柿の葉にしがみついていた雨蛙が、ぴょんと跳ねたとき、弟子の小野精蔵《おのせいぞう》が茶を持って入ってきた。

「よく降りますね」

「まったくだ」

龍安は茶を受け取って口につけた。

「雨のせいでしょうか、患者の足も鈍いようで……」

精蔵はとつとつとしたものいいで、診たばかりの患者の病状を書きつけている龍安を窺《うかが》うように見る。たしかに雨の日は通い療治にやってくる者が少ない。その朝やってきた患者は十人にも満たなかった。

「なにか用か……」

龍安は文机《ふづくえ》に向かいながらそばにいる精蔵に聞いた。

「はい。『傷寒論』はおおよそ頭に入りましたので、つぎはなにを学べばよいかと
……」

龍安は筆を置いて精蔵に体を向けた。

「もう頭に入ったか。覚えが早いな」

「いえ。勝手にわかっているだけかもしれませんが、先生のお指図どおりに読み飽きるほど読みましたので……」

「なるほど」

医者になるのに鑑札のいらない時代ではあるが、基礎的な知識は必要だ。『傷寒論』は、『素問』『本草綱目』などの医学書と同じ基本教材であった。『傷寒論』さえかじっていれば、医者になれるといわれた。もっともそれだけでは、「やぶ」としか呼ばれないが、結構そういう眉唾《まゆつば》ものはいたようである。

「では、これを読み解いてもらおう」

龍安は百味簞笥の横に重ねてある書物から一冊を取りだして、精蔵にわたした。

『金匱要略《きんきようりゃく》』という医学書だった。著したのは『傷寒論』と同じ後漢の張仲景《ちょうちゅうけい》という人だった。中国医方の祖とされる医者である。

精蔵はわたされた書をめずらしそうに繰りながら、目を輝かせている。龍安に弟子入りしてまだ日の浅い男で、もとは食えない浪人だった。金創を負って転がり込んできたのを龍安が手当てをしたのがきっかけで、医者になりたいといった男だった。

「慌てずともよいから、暇なときに目を通しておけ」

「はい、ありがたいことです」

精蔵は『金匱要略』を押し戴いてから言葉をついだ。

「それにしても腹を下したり、痛がったりする者が多いですね」

「この時節は食い物が傷みやすい。そのせいだろう。おまえも十分気をつけろ」

「はい」

「瀉《しゃ》や疝気《せんき》が多いので、薬が不足勝ちだ。あとで紙をわたすから書いてあるとおりに薬を煎じてくれ」

瀉とは下痢のことで、疝気は胸や腹あるいは下腹部などの疼痛のことをいう。龍安のいうこのときの疝気は、腹痛をさしていた。

「先生、北村《きたむら》の旦那です」

久太郎がやってきて声をひそめた。

「またおかみさんのことでしょう……」

そういって、意味深な含み笑いをする。

北村の旦那とは、近所の茶問屋の主で亀蔵《かめぞう》といった。診察部屋に入ってくると、平身低頭で、恥ずかしそうに頭をかきながらぺたりと座った。

前頭部の薄い男で、すでに五十の坂を迎えようとしている。数年前に古女房を亡くし、後添いをもらって日が浅かった。

「先生、あっちのほうはどうにかうまくいってるんですが……」

亀蔵は久太郎と精蔵が下がったのをみて、口を開いた。あまり顔色がよくない。

「なにかあるのか？」

「それがこのところ体に力が入りませんで、食も進みません。かといって熱があるわけでなし、風邪を引いた覚えもありません」

「体がだるい、そういうことだろうか」

「そう、そうなんです。朝から寝るまで体が重くて、なにをするにもやる気が出ないんですよ。それにあっちのほうも、どうにもいけなくなりまして……」

亀蔵は照れたようにいって頰をさする。

若い後添いをもらった亀蔵が、相談にきたのは二月ほど前だった。そのときは嬉々《きき》とした表情をしており、若い女房の自慢話をしてから、

——いやね先生、わたしもこの年ですし、いまさら子供を作ろうという考えはないんですが、いかんせん女房は若い。こっちも相手をしないわけにまいりませんから、夜な夜な励むんですが、誤ってできたなんてことになったらことです。

と、嬉しそうに弱り顔をする。

——ふむ……。

——それで〝水にする〟前になんとかしようと思いまして……へえ、ここまでいえば先生もおわかりでしょう……。

亀蔵はにやにやしながらいう。

「水にする」というのは江戸の隠語で、堕胎のことである。つまり、堕胎はしたくないので、そうならない避妊薬がほしいというのである。

——まあ、そなたもいい年だしな。しかし、お内儀《かみ》は子を欲しがってはおらぬのか。

——いえいえ。

亀蔵は慌てたように鼻の前で手を振って、そんなことはちっとも思っていないという。

——それでも女房は若いですから。放っておいて浮気でもされたらことです。わたしがちゃんと相手をしなければなりませんから。

——さようか。しかし、効き目があるかどうか定かではないが、そんな薬でかまわないなら出しておこう。

——へえ、ありがたいことで……。

頭をさげる亀蔵に出したのは、「朔日丸《ついたちがん》」という避妊薬だった。龍安はその薬に少し手を加えていたが、はたして効能があるかどうかは自分でもわからなかった。

「あっちがいけなくなったというのは、役に立たなくなったと、そういうことか？」

「いや、そこまでいきませんが、なんとか……それでも若いころに比べると……」

亀蔵はしきりに恥ずかしがる。

「おそらく腎虚《じんきょ》だろう」

「は……腎虚……」

「房事がさかんすぎて精力が落ちたのだ。胸が苦しくなったりはせぬか？」

「いや、それはありませんで……」

「ならばさいわいだ。このままお内儀の相手をつづけていると、早死にするかもしれぬ」

「そんな」

「脅しではない。少し控えることだ。お内儀は不満かもしれぬが……」

龍安は房事過多から性的不能になったら、それこそことだ、そんなことはよくあると脅すようなことをいったが、まんざら嘘でもなかった。

「薬を出しておく。それで食が進むようになれば、また元気になるだろう」

龍安は平胃散という胃薬を出しておいた。誤魔化しである。また、「朔日丸」も市中で求めても百文程度であるが、龍安は一朱の値をつけていた。

その日わたした平胃散にも一朱をつけ、さらに問診料として一分を頂戴した。貧乏人から金は取らないが、裕福な者には遠慮しないのが龍安だ。もっとも吹っかけたところで高がしれている金額だった。

亀蔵がその日の最後の患者だった。龍安は静かになった診察部屋で、書き物をしたり、医書に目を通したりした。

医道は常に勉強の繰り返しである。先人の書を読み、治療に役立て、また自ら新しい治療法や薬法を見つけなければならない。

隣の部屋で精蔵がゴリゴリと薬研を動かしている。久太郎は薬包の整理をしていた。

龍安はときどき表に目を向けて、斜線を引く雨を見た。そんなとき、ふと佐和という娘のことを思った。

(あれはいったいどんな娘なのだ)

どうしても気になる。風邪だと診立てたが、そうでなかったならと気にもかけている し、佐和の面倒を見ている岡野伊右衛門という男のことも気になる。

なぜ、そんなに気にするのだろうか、龍安は自分に問うた。

答えはすぐに見つかった。

(佐和という娘はあまりにも高貴だ)

そういうことである。佐和は不思議なほど、やんわりと接する者を威圧するなにかを持っている。

「先生！　先生！」

突然、表から大きな声がして、玄関の戸が荒々しく開けられた。

「いかがした！　ずいぶんひどい怪我ではないか、早くこっちへ」

隣の部屋にいる精蔵の声がひびいた。

# 第二章　二人の侍

一

　運び込まれたのは近所の普請場で、足場を組んでいた左官だった。雨のせいで足を滑らせて屋根から転落したらしい。顔面を強打し、腕と足を折っていた。

　龍安は切れた顎《あご》を縫合し、折れた腕に副木《そえぎ》をして固定した。顎の出血はひどかったが、縫ったことで血は止まった。頬や鼻柱はかすり傷でそちらは膏薬《こうやく》を塗るだけの処置で終わった。問題は折れた右足である。

　足首のあたりが、普段とちがいあらぬほうを向いていた。およそ直角に曲がっているといってよかった。

「体を押さえろ」

龍安は精蔵と久太郎だけでは手が足りないので、怪我人を運んできた仲間にも手伝わせた。怪我人は脂汗を流し、しきりに「痛《いて》え、痛え」と顔をゆがめている。

龍安は骨の具合を触診して、まずは元に戻すことにした。いささか荒療治ではあるが、他に方法がなかった。久太郎が怪我人の口に手拭《てぬぐ》いを噛《か》ませ、肩を押さえる。

「男なら泣き言をいうな」

龍安が叱りつけると、

「そんなこといったって、痛ぇもんは痛ぇんだよ。早くなんとかして。ううぅッ……」

怪我人は手拭いを噛ませられている口の隙間から、うめくような声を漏らし、首を左右に振る。痛みのために額に脂汗が浮いている。

龍安は怪我人の足裏をつかみ、膝のあたりに片手を添えて、ゆっくりねじった。

「あッ、ああー」

「我慢しろ。ちょっとの辛抱だ」

龍安はぐっと腕に力を入れて怪我人の足首をねじった。

ぼりっと、奇妙な音がした。

怪我人は歯を食いしばり、目をしっかり閉じて、悲鳴も出せないでいる。龍安はさらに足首をねじった。怪我人の体が波打つように動いて、はあはあと荒い息をする。

龍安は接骨の要領を教わったことはない。しかし、見様見真似でなんとなくわかるし、幼いころから剣術をやっていたおかげで、骨折者をどう扱えばよいかは少なからず知っていた。

曲がっていた足首が正常な位置に戻ると、龍安はゆっくり手を離した。

「どうだ？」

聞きながら口に嚙ませている手拭いを取ってやった。

「痛い、痛いですよう……ど、どうなってんです」

怪我人の目尻には涙がにじんでいた。

「足は元に戻した。このまま動かさないようにするんだ。久太郎、副木《そえぎ》……」

久太郎が機敏に動いて、副木を龍安に手わたす。足首が動かないように晒《さらし》で巻き、さらに副木をあて、再度、晒で巻きつけた。

怪我人は痛みと闘いつづけていたが、精蔵に薬を飲まされると、少しずつ落ち着いてきた。これは曼陀羅華《まんだらげ》（朝鮮朝顔）を主成分とする通仙散という麻酔薬だった。

「少しは楽になったろう。名はなんという？」

すべての処置を終え、怪我人が落ち着いたところで聞いた。

「へえ、安次《やすじ》といいやす」

「安次か、住まいはどこだ?」

「岩本町です。岩本町の左右衛門店《そえもんだな》という長屋に住んでいます」

龍安はそのことを書きつけた。

年を聞けば二十四歳で、女房子供がいるという。

「この雨なんで、お頭が仕事は休みだってんですが、こいつは日銭を稼ぎたいばかりに無理してはたらきに出ちまったんです。その挙げ句このざまです。まったく世話を焼かせやがって……」

いうのは同じ職人だった。

「しゃあねえだろう。こちとら乳飲み子を抱えてんだ。雨ぐらいで仕事を休んでられるかってんだ」

安次がいい返す。

「無理するからこんな怪我をしちまうんだ。これじゃ元も子もねえじゃねえか」

「そりゃまあ……」

安次はうなだれて、ため息をつき、副木をあてられた足をさすった。

「先生、どのくらいで治ります?」

「早くて三月か四月だろうが、足が元どおりになるには半年は見たほうがいい」

「半年……」

安次は目をぱちくりさせて、不安の色を顔ににじませた。

「そんなにかかったんじゃ、おまんまの食いあげどころじゃなくて、女房子供も食わせられなくなっちまう。どうすりゃいいんです」

「どうしろといわれても、体が動かなければしかたなかろう。はたらくのは体が治ってからだ」

「そ、そんな……」

「あんた！」

突然、玄関で声がした。そっちを見ると、乳飲み子を背負った女が立っていた。どうやら安次の女房らしい。職人仲間から聞いてすっ飛んできたと早口でまくし立てた。雨に濡れた乱れ髪を片手ですくいあげて、上がり口に手をついた。

「ちょいと足を滑らしちまって、このざまだ。へへ、だが心配することはねえ。見てのとおりちゃんと生きてるからよ」

安次は強がってみせるが、女房は深刻な顔で仲間の職人と龍安を見た。それから、おそるおそる「お医者様ですね」と、龍安に聞いた。

「あの、お代はどうなるんでしょう？」

その言葉に安次も敏感に反応し、不安そうな顔をしたが、すぐに笑みを浮かべて女房を見た。

「金のことは心配するな。お頭に相談すりゃすむことだ」

「そんなことといったって、借金するってことじゃないの。借金なら返さなきゃならないんだよ」

「あたりまえのことというんじゃねえ。借りたものはきっちり返すのが江戸っ子だ。この薬礼だって……あ、先生、その薬礼ですがね、ちょいと待ってもらえませんか」

安次は龍安に心細げな目を向ける。

「ない袖《そで》は振れぬだろう。都合のついたときでいい」

「ほら、噂どおりの先生だろ。な」

安次の職人仲間が、もうひとりの仲間を見ていう。

「タダにするというのではないぞ。薬礼はツケだ。それを忘れるな。安次は養生しなければならぬ。おまえたち、連れて帰ってくれるか」

龍安は安次の仲間に指図した。その仲間が安次を抱えるようにして玄関を出てゆくと、女房が慌てたように戻ってきた。

「先生、生まれたばかりの赤ん坊を抱えているんです。亭主があんなことになって、暮らしがきつくなるのは目に見えています。薬礼はお借りいたしますが、少し先にしてもらえませんか」

女房は必死の顔で懇願する。背中の赤ん坊が、小さくぐずるように泣いた。

「さっきもいっただろう。都合のついたときでいいと。無闇に取り立てたりはしない。それより亭主の面倒をしっかり見てやれ」

「とにかく先生、よろしくお願いいたします」

女房は深々と頭をさげて帰っていった。

「先生、あの女房がはたらければいいんでしょうが、赤子を抱えていてはそれも無理でしょう。どうするんでしょうね」

他人のことながら、精蔵が心配する。

「左官のお頭がいるんです。それに親戚だっています。どうにかなるでしょう」

気楽なことをいうのは久太郎だった。

「ふむ、どうにかなればよいが……」

龍安は独り言のようにつぶやいて、降りしきる表の雨を眺めた。

# 二

「決まりませんでしたか？」

　朝餉が終わったあとで、おみつがぽつりといった。川端孫兵衛はその妻の顔を見た。ほとほと疲れ果てたという顔をしている。まだ二十二だというのに、なにゆえこうも老け込んだ顔になったかと、孫兵衛は胸が苦しくなった。

（おれが至らぬばかりに……）

　胸の内でうだつのあがらない我が身を嘆き、屈託なく粗末な食事を終えて茶を飲むふさを見る。ふさは五つだが、近所の子に比べて体が小さい。十分な食事を与えられないからだとわかっている。

　孫兵衛は茶に口をつけて、唇を嚙んだ。それから暗い翳《かげ》りのある妻を見た。

「おみつ、仕事は中間だけではない。じつはある仕事が舞い込んできている。まだ返事をしていないのだが、悪い仕事ではない」

　さっと、おみつの顔があがった。

　暗い家の中でもその目が、希望を見出《みいだ》したようにきらきらと輝いた。

「それはいったいどんなことなんでしょう?」

「まだ詳しい話は聞いておらぬが、受けようと思う。破格の謝礼をもらえるやもしれぬのだ」

おみつは膝をすって、孫兵衛に詰め寄った。

「破格の……いったい破格とは……」

「百両だと申し受けたが、このこと他言はならぬぞ」

「ほ、ほんとに、百両……」

「うむ」

「あなたのお役目がなくても、お金ができれば、わたしは小さな店を構えて……あ、失礼しました。そんなことを頼ってはいけませんね」

おみつは申しわけなさそうに、顔を伏せた。

「いや、よい。おれは受けるつもりだ。そうしなければ、この先に光はないように思える。どんな仕事になるのかわからぬが、人は人生に一度は重い決断をしなければならぬ」

そういった矢先に、孫兵衛はこれが二度目かもしれないと、心の奥底に眠っている罪悪感に苛《さいな》まれた。しかし、そのことはすぐに忘れて、

「これから先様に会うことになっている。おまえは今日も仕事か?」

と、おみつをまっすぐ見つめた。

「はい。出てくるようにいわれていますから……」

おみつはそのまま片づけにかかり、台所に下がった。孫兵衛は茶を飲み終えると、雨の降っている外を眺めて、着替えにかかった。羽織をと思ったが、どうせ雨に濡れるだろうし、空気は蒸している。いつもの古い小袖を着流し、帯を締めた。

「ふさ、今日も雨だ。留守を頼むぞ」

「はい。早く帰ってきますか?」

「遅くはならぬ」

「帰ってきたら手習いをお願いします」

「わかった」

ふさには読み書きを教えていた。

孫兵衛は支度を終えると、おみつより先に出かけることにした。戸口で切り火を打ってもらったとき、

「あなた、百両あれば、なんでもできますわ」

と、おみつが耳許でささやくようにいった。

番傘をさして雨のなかを歩く孫兵衛の頭で、何度もその一言が繰り返されていた。

おみつは塩物屋ではたらいているが、仕事のいろはを覚えている。河岸に魚を卸す漁師にも話をつけられるらしい。小さな塩物屋ならいつでもはじめられるといっていた。もちろん、いま世話になっている店の近くでは具合が悪いので、どこか適当なところを探さなければならないといってはいるが……。

(塩物屋か……)

それも悪くはないだろうと、孫兵衛は水溜まりを避けて思った。虚勢を張って生きる侍よりは、ましな暮らしができるはずだ。

現に孫兵衛は、自分の身分というものがいかほどのものか自覚している。人宿を介しての中間奉公で、自分は侍だと虚勢を張っているに過ぎない。実際は、百姓あがりの浪人のようなものだ。

それでも剣術を習得したことで、外出の際には、大小を帯びる。ようするに外見上の侍でしかない。

中間として上分の家に出向いた際は、膝切りの着物を端折った褌《ふんどし》姿だ。おまけに腰に差すのは木刀である。主人の脱いだ履物を揃え、土間にひざまずく。座敷にあがることは許されず、常にへつらっていなければならない。

おれは侍だ、といくら声高《こわだか》に叫んだところで、貧乏から抜けだせはしない。このままでは一生、着るものにも食べるものにも不自由しなければならない。ふさを満足に育てることもできないだろう。

（侍がこれほどまでつらいものだとは……）

正規の士分ではないくせに、孫兵衛はいまさらながら、思うのであった。

小伝馬町の四つ辻まで来たとき足を止めた。通りを眺める。いつもなら人馬や荷車などが行き交う刻限である。

しかし、雨のせいで人通りは少ない。馬喰《ばくろ》町の町並みが雨に烟り、黒い火の見櫓《やぐら》がぼうっと町屋の上に浮かんでいた。

足許に視線を戻すと、雪駄に通した素足が濡れていた。孫兵衛は裾《すそ》を端折《はしょ》って歩きだした。約束には早かったが、先に行って待っていることにした。相手を待たせては失礼であろうし、こちらの意気込みを見せる必要も感じていた。

富沢町の外れにある一膳飯屋は、閑散としていた。出職の職人をあてこんで、朝早くからやっているのだろうが、雨のせいで客の入りが悪いようだ。

孫兵衛は女中に茶だけでよいかと断り、土間席に腰を据えた。大年増の女中が、

「これじゃ商売あがったりですね。早く梅雨《つゆ》が明けませんかねえ」

と、奥の土間で店の主にいっている。

梅雨ははじまったばかりである。あと旬日はこの調子だろうと、孫兵衛は窓の外に目を向ける。嘴《くちばし》に餌《えさ》をくわえた燕《つばめ》が飛んでゆくのが見えた。

湯呑みを手で包み込むようにして茶を飲んでいると、店に入ってきた者がいた。脇坂権十郎と古山勘助だった。

「早いではないか」

古山がそばに来ていった。

「先日の話、受けることにしました」

孫兵衛が挨拶も抜きでそういうと、古山は脇坂と顔を見合わせて、

「よくぞいってくれた。よし、それなら詳しい話をしなければならぬ。場所を変えよう」

といって、店の女中に余分の金を払って表に出た。

三

古山が連れて行ったのは、柳橋にある船宿だった。二階座敷の奥で、人目をはばか

るように衝立《ついたて》で仕切り、他の客の耳目を遮った。

船宿は舟客ばかりとはかぎらない。酒食を目的にする客もあれば、密会の場に使う男女もいる。そのために、小部屋を設けているところもあったが、あいにくその船宿の二階はだだっ広い座敷となっていた。

「客は少ない」

古山は茶を持ってきた女中が下がったのを見ていったが、客は孫兵衛ら三人の他にはいなかった。孫兵衛は古山と脇坂を前にして、わずかに緊張していた。

「川端孫兵衛、これはおぬしの腕を買ってのことだ。それに、百姓上がりの、おぬしの出世ばたらきとなるやもしれぬ」

湯呑みを口に運ぶ古山の顔を、孫兵衛は驚いたように見た。

「なぜ、そのことをご存じで……」

先日から、この二人がなぜ自分のことを知っているのか不思議だった。

「大事な仕事をやってもらわなければならぬ、遺漏があってはならぬからな。それにしてもうまく侍もどきになれたはいいが、暮らしは思ったようにはいかぬだろう」

「は……」

「幕府も大変であるし、お上は異国の対応にも右往左往している。下々の面倒まで行き届かぬのがいまの世の中だ。なにも好きこのんで侍になど……」

「仕事のことをお話しいただけますか」

孫兵衛は自分のことをとやかくいわれたくはなかったし、古山のいわんとしていることは身をもってわかっている。遮られた古山は一瞬、むっとした顔になったが、すぐに口許に笑みを浮かべた。

「そうであるな。いらぬことをいうよりはそっちの話が先だ。しかし、これからの話は、孫兵衛、おぬしの胸先三寸にたたみ込んでおいてもらわなければならぬ。もし、裏切るようなことがあったら、命はないと思え」

古山が表情を厳しくすれば、隣に座っている脇坂も鋭い眼光でにらんでくる。

「先日、人を斬ったかと聞かれましたが……」

「さよう。人を斬ってもらう」

孫兵衛は顔を硬くした。

「だが、案ずることはない。相手は十六の娘だ」

「娘……」

孫兵衛は思いもよらぬことに目をみはった。

「だが、その娘には警固がついている。なまなかではない腕達者だ。娘を斬る前に、その男を斬らねばならぬかもしれぬ。むろん、わしらもそのほうに助太刀はいたす」

「なぜ、そのようなことを……」

「当然気になるところであろう。だが、みなまで話すようなことではない。そうはいってもなにも知らずに、人を斬るのも気がかりであろう」

古山は勿体《もったい》をつけるように茶に口をつけて、しばらく間を置いた。屋根をたたく雨の音がかすかに聞こえる。船頭らも暇らしく、一階の居間で茶飲み話をしている。その笑い声が聞こえてきた。

「当家の主は、幕府の重職にあった方である。名を土岐正之《ときまさゆき》様という。聞いたことはないか？」

古山は探るような目を向けてきた。孫兵衛は知らないと首を振った。

「先年、佐渡奉行を辞され隠居の身である。佐渡奉行を務められる前は目付であられた」

「目付……」

役高千石の役職である。それから佐渡奉行に出世して、役料千五百石、百人扶持《ぶち》を給されたことになる。三百数十人の配下を持つ役職だ。

「ことは殿様が目付のときに起きた」

「と、おっしゃいますと……」

「さる旗本の不正を糾弾され、改易《かいえき》にしたのだが、相手の旗本はその処断を不服とし、殿様に反逆したのだ。危うく殿様は殺されそうになったが、家臣らのはたらきによってことなきを得た。しかし、その騒ぎでこの世を去った家来もいる。わしらの仲間もそのなかに何人かいる」

「その御旗本はしかるべくして罰されたのではありませんか?」

「むろん、そうなるはずであったが、たわけたことに赤穂《あこう》浪士でもあるまいし、みな自害をいたしおった」

「……自害」

「その旗本の名は森川数右衛門《もりかわかずえもん》。家来とともに果てた」

「となれば、ことはすんだのではありませんか……」

孫兵衛にはまだよくわからなかった。

「すんでおればこのような話はせぬ」

「数右衛門には隠し胤《だね》があった。孫兵衛、貴公が斬らねばならぬのはその胤である娘である。名を佐和という。数右衛門の妾の子だ」

ずるっと音を立てて茶を飲む古山に代わって、脇坂が言葉を引き継いだ。

「土岐家にとって森川家は忌《い》むべき家柄。主も子も妻も、数右衛門のあとを追ったが、隠し胤のことはわからなかった。その娘は、きっとあらぬ薫陶《くんとう》を受けているはず。まちがった教えを受け、ひそかに土岐家に遺恨を抱《いだ》いているであろう。たとえ相手が幼き娘だとしても、いずれは嫁に入り子を産む。その夫が、またその子供たちが土岐家を恨むようになってはたまらぬ」

「邪悪な種は、早いうちに摘んでおかなければならない。そういうことだ」

古山が言葉を足した。

「その佐和という娘はどこに……」

孫兵衛は二人の顔を交互に見た。

「探しているところだ。行方をつかみかけたところで、わからなくなる。その繰り返しがここ数年つづいている」

古山は忌々《いまいま》しそうにいって、顔をしかめた。

「では居所はわからないということですか……」

「そうなるが、おおよその足取りはつかんでいる。遠からず居場所は突き止められる」

孫兵衛はぬるくなった茶に口をつけて、宙に視線を泳がせた。

企図することはわかった。しかし、なぜ土岐家の家中の者でない自分が、刺客に起用されるのかがわからない。土岐家の者は手を汚したくないということか……。そのことをおそるおそる訊《たず》ねると、

「貴公は黙って助《すけ》をしてくれればいいだけのことだ」

と、疑問をはねつけるような返事があった。

(黙って、若い娘を殺して百両……ただ、それだけのことか……)

孫兵衛は畳の目を数えるように、膝許に視線を落とした。

それは長い沈黙だったらしく、古山が声をかけてきた。

「まさかこの期《ご》に及んで、心変わりしたのではあるまいな」

「そうであれば許さぬぞ」

脇坂が差料を引きよせ、猜疑《さいぎ》に勝った目を向けてきた。

「いえ、腹は決めています。しかし、ひとつ頼みがあります」

「なんだ、遠慮なくいえ」

「ことが無事にすみましたら、拙者を土岐家の家来にしてもらえませんか」

意外な言葉だったらしく、古山と脇坂は顔を見合わせた。

「それは叶《かな》わぬことではなかろう。貴公のはたらき次第では取り立ててもらえるよう

に話をする」

脇坂の言葉に、孫兵衛はほっと安堵を覚えた。無事にやり遂げれば、百両の他に、大旗本の家臣になれる。それは孫兵衛にとって大きな出世であった。

「では、前金の……」

古山が懐《ふところ》から紙包みを取りだして、孫兵衛の膝許に差しだした。

## 四

午前中の診察を終えた龍安は、通いで手伝いをやっているおたねが調えた昼餉に取りかかっていた。

「今夜はどうしましょう?」

そばに控えているおたねが、柔和な顔で訊ねる。五十過ぎだが、色白でしわの少ない大年増だった。小柄で太りすぎではないが、肩にも腰にもまるみがあり、後ろから見るとまだ三十そこそこの若い女に見まちがうことがある。

「何でもよい」

「先生はいつもそうおっしゃいますが、ときには注文をつけてくださいませ。腕のふるいようがないではありませんか」

「おまえさんの作ったものは、何でもうまいのだ」

「そうだとしてもたまには、あれが食べたいこれが食べたいと、我儘《わがまま》をいってもらいたいのですよ」

「ふむ。だったら……」

「なんでしょう？」

おたねが目をまるくする。

「……おたねを食べたいといったらいかがする？」

龍安が真顔で聞くと、おたねは目をしばたたき、ぽっと頬を染める。それを見た龍安は、からからと笑った。

「まったく悪い冗談を……」

照れるおたねは誤魔化すように空《あ》いた器を下げ、お代わりはいかがしますかと聞く。

「もうよい。これから出かけるのでな」

龍安は茶に口をつけて、表を眺めた。

雨はやむことを知らないようだ。茶を飲んで診察部屋に行き、薬箱に幾種類かの生薬を入れた。往診先で調合するためであるが、その他にも薬は入っている。

「先生、おいらはついていかなくていいんで……」

土間に下りたときに、久太郎が聞いてきた。

「今日はよい。精蔵に作ってもらっている薬がある。その手伝いをしてくれるか」

龍安はそういいつけて家を出た。

行き先は高山彦太郎《ひこたろう》という旗本の屋敷だが、そのあとで佐和の様子を見に行こうと思っていた。

岡野伊右衛門は佐和のことを、内密にしておいてもらいたいようなことをいっていた。わけありなのはわかるが、いったいなにがあるのだろうかと思う。

片手に傘、片手に薬箱をさげた龍安は大橋をわたる。下を流れる大川の水嵩《みずかさ》が増している。行き交っている舟はほとんどなく、川上から下ってくる数艘の荷舟が見られただけだった。橋の向こうに広がる町屋はうすぼんやりと雨に烟っていた。

両国東の広小路も閑散としており、あちこちに出来た水溜まりが暗い空を映していた。梅雨の時季はどの商売もあがったりである。大工も左官も仕事は休みで、商家に買い物に行く者も少ない。駕籠《かご》屋は開店休業状態のようで、駕籠かきたちが表の縁台で煙草を吹かしながら雑談をしていた。

龍安は回向院《えこういん》北側の道を東に進み、途中で御竹蔵のほうへ曲がり、南割下水をわたって今度は右に折れる。しばらく行って、また左に曲がる。そのあたりは武家地で、町中よりぐっと閑静になる。

垣根から伸びている紫陽花の葉をたたく雨音と、自分の足音ぐらいしか聞こえなかった。ときおり、目の前を燕が切るように飛び去っていった。

流れを止めたような南割下水を見るともなしに見ながら、足を進めているうちに高山家についた。玄関にあらわれたのは女中で、すぐに座敷に通された。

「先生……」

八重《やえ》という娘が座敷口にあらわれた。顔色はすぐれないが、いつになく機嫌がよさそうだ。しずしずと龍安の前にやってきて座ると、にっこり微笑んだ。

「お加減はいかがです？」

「変わりありませんわ。先生は？」

「わたしも変わりはない。殿様はお城であるか？」

「いつもお城です」

八重の父・彦太郎は、新番組の組頭だった。役料と家禄をあわせて八百石取りの旗本だ。

「食はいかがです？」

「先生、いつもお訊ねになるのが同じね。たまには他のお話をいたしましょう」

「なにがよいです？」

龍安はこうやって八重と雑談をする。その間に、瞳の色や動き、小さな所作などに注意の目を向けた。もちろん言動にでもある。だが、八重はどことといって悪い病気はなさそうである。しかし、ひどい気鬱症《きうつしょう》であるのはたしかだった。

八重は着物を縫っている、雨はいやだ、今度は広小路に行って矢場で遊びたいなどと勝手なことを話し、異国の船が長崎にはたくさん来ているらしいが、みんな黒船のように大きいのでしょうかなどという。

龍安は話を合わせるが、適当な受け答えはしない。真剣に向かい合って話し相手になる。そうしているうちに少しずつ八重の瞳に正常な光が戻ってくる。

（この娘に薬は効かない。心を病ませているものを見つけなければならない）

龍安はそう考えていた。それは根気のいる仕事である。

「では、また来よう。雨があがったら、今度その辺をいっしょに歩いてみましょう」

話に一区切りついたところで龍安が提案すると、八重はきらきらと瞳を輝かせた。

「ほんとうに、ほんとうに先生と散歩を……」

「そうすれば気分も変わりましょう」

「楽しみにしています」

嬉しそうな笑みを浮かべる八重に別れを告げ、女中に気休めの薬をわたした。薬は主の高山彦太郎と君江《きみえ》という妻女が欲しがるからだし、薬礼を稼ぐ意図もあった。しかし、その薬は胃薬程度のものだった。

八重のことは気になるが、龍安も稼ぎが必要である。慈善事業みたいな仕事をしていては、生薬も仕入れられなければ、精蔵や久太郎の面倒も見ることができない。よって高山家からはちゃんと薬礼を取っていた。もっとも一回の診療に二両、あるいは五両などと吹っかけはしない。

二分である。これも他の医者から見れば安いほうである。

高山家を出た龍安は、佐和の住む柳島村に足を向けた。途中、法恩寺橋をわたった茶店で一休みした。そのとき、葦簀《よしず》の陰で茶を飲んでいる二人の侍がいて、切れ切れに話し声が聞こえてきた。

龍安は心を静かにして雨の景色を楽しんでいたのだが、

「このあたりで見たという話だったのだがな」

「人違いということもある」

「そう決めつけるのは早い。この雨だし、他行（外出）を控えているのだろう」

などという言葉が聞かれた。

二人の侍は誰かを探しているようだ。何気なく見ると、ひとりと目があったので、すぐに視線をそらした。しばらくすると、また二人はぼそぼそと話しはじめた。

「とにかくあきらめるのは早い。もう少し見まわってから引きあげよう」

龍安と目のあった男がそんなことをいった。

その茶店を出るとき、また龍安の背中で声がした。

「あれは医者だ。髷もそうだし、薬箱をさげているだろう」

龍安は背中に視線を感じながらも、黙って歩いた。

北割下水沿いに道を拾い、先夜の記憶を頼りに竹林の小径《こみち》に入った。その先に、佐和と岡野伊右衛門の住まう藁葺《わらぶ》き屋根の家があった。

屋根の途中に作られた煙出し窓から、うっすらとした煙が漂っていた。

戸口に立って声をかけると、奥の暗がりから前垂れをした佐和があらわれた。無表情であったが、龍安を認めると、その頰にやわらかな笑みを浮かべた。

（なんと、人を惹《ひ》きつける笑みであろうか）

「おいでなさいまし」

佐和が声をかけてきた。

# 五

「熱はもうすっかり……」

「はい、先生の薬が効いたのですわ」

佐和は嬉しそうに答えて、茶を差しだした。

「やはり風邪だったのでしょう。元気になられてなによりです。岡野さんは？」

龍安は家のなかを見まわして訊ねた。

「買い物に出ております」

「雨なのに大変ですな」

「伊右衛門には世話になりっぱなしで……。でも、わたしはあの人がいないと生きていけないのです」

「…………」

龍安は黙って佐和の美しい顔を眺めた。部屋には燭台《しょくだい》が点されていた。そのあかりが、佐和の片頬で揺れていた。二人の影が唐紙に映っており、ときどきボトボトッと、庇から落ちる雨の音がした。

「わたしはずっと町から外れたところに住んでばかり……」

つぶやくようにいった佐和は、表に目を向けた。その横顔を龍安は眺めた。やはり美しいと思う。それに、ある一線から人を寄せつけない空気をまとっている。

「なぜ、そうなのです?」

龍安の問いに、佐和はゆっくり顔を振り向けた。

「そうしなければ、わたしは殺されるかもしれないのです」

「なんですと……」

龍安は表情をなくした。

だが、佐和は他人事《ひとごと》のように小さな笑みを口の端に浮かべる。

「生まれたときから、わたしは殺されるかもしれない運命なのです」

龍安は膝許に視線を這《は》わせてから、顔をあげた。

「岡野さんから、人にいえない深い事情があるようなことを聞いていますが、そんなことをわたしにいってよいのですか……」

「先生は信用がおけます。人を裏切るような方ではありません。そうでしょう」

「まあ……」

「きっと約束をたがえない人です。わたしにはわかります」

「そういわれると……」

「先生」

「はい」

佐和がまっすぐ見てくる。

龍安はその深くすんだ瞳に、吸い寄せられるような錯覚を覚えた。

「伊右衛門を守らなければなりません。わたしにとって、伊右衛門はかけがえのない人です。死んでほしくない。どうやったら守ることができるでしょうか？」

「なにか危ない目にあうようなことが……」

「これまではありませんでした。でも、これから先のことはわかりません。いまこうしているときも、わたしは心配なのです」

「………」

「買い物に出たまま戻ってこないのではないかしらと、不安になったりもします」

龍安は天井の隅に目を向けて、さっきの茶店にいた侍のことを思いだした。もしやあの二人は、佐和と伊右衛門を探しているのではないかと思った。

「岡野さんとはいつから……」

「わたしが生まれたときからです」

「生まれたときから……」

「そうです。伊右衛門はわたしの育ての親です。読み書きも武士の娘としてのたしなみも、着物の着方も……なにもかも教えてくれました。伊右衛門はわたしの恩人……」

佐和はそういってどこか遠くを見る目になり、

「でも、ただの恩人だけではありません。あの人は……わたしの……」

と、つぶやくようにいったとき、目の縁が恥じらうように朱を帯びた。

（もしやこの娘は……）

龍安はにわかにそう思いつつ、茶に口をつけた。

そのとき、雨の音がやみ、鳥のさえずりが聞こえてきた。障子にあかるい日が射し、暗い部屋が白くなった。

「雨、やんだようですね」

「そうですね」

「先生、また遊びに来ていただけますか。先生とでしたら、もっと話せそうな気がします。それに、わたしの悩みを聞いてほしくもあります」

「悩みといわれると……」

「それは今度」

佐和は衣擦《きぬず》れの音を立てて膝を進めると、龍安の手を取った。そのやわらかな感触に、龍安は年甲斐《としがい》もなくドキリとした。

「きっと来てくださいませ」

龍安は思わずうなずいていた。

「きっとですよ。お約束ですよ」

「わかりました。また来ましょう。では、わたしはこれで……」

龍安はそのまま佐和の家を辞した。

竹林の小径で家を振り返った。粗末な藁葺きの家である。苔《こけ》むした屋根には草が生え、家は周囲の竹林に溶け込んでいるように見える。

竹林を抜けたとき、簑笠《みのかさ》を着た伊右衛門が駆けるようにやってきた。胸に野菜を抱きかかえるようにしていた。それは誰かから逃げるような素振りに見えた。龍安に気づくと、はたと足を止め、こわばった顔を向けてきた。

「……先生でしたか」

その言葉にはホッとしたひびきがあった。

「いま佐和様に会ってきたところです。やはり風邪だったようです。元気になられてなによりでした」

「先生のおかげです。薬礼を払わなければなりません」

「それはつぎで結構です」

「つぎ……」

伊右衛門は怪訝《けげん》そうな顔をした。

「もう一度来てくれと頼まれましたので……」

「なにか加減が悪いのでしょうか？」

伊右衛門は不安の色を面上に刷いた。

「そういうことではありません。きっと退屈なさっているのでしょう」

伊右衛門は一度竹林の奥に目を向けてから、

「わかりました。では、そのときに……」

といって家に戻っていった。

龍安は伊右衛門を見送ってから、表道に出た。町屋はあるが、どこも小さな店ばかりだった。

法恩寺の門前を過ぎたとき、来るときに立ち寄った茶店にいた二人の侍と出あった。

雨があがったので、龍安は傘をとじていたが、二人の侍も傘をさげていた。すれ違ったとき、ひとりと目があった。

「おい、待て」

声がかけられたのはすぐだった。

六

龍安は雲の切れ間から漏れ射す光を照り返す水溜まりを見て立ち止まった。

「おてまえは医者らしいが、この先の茶店でも会ったな」

色の白い侍が、引き返してきた。

「なにかご用で？」

「どこの医者だ？」

侍は問いを返してきた。もうひとりの侍もそばに来た。こちらはいかめしい顔つきで、頑丈そうな体をしていた。二人とも三十半ばだろう。

「横山同朋町の医者です」

「名は？」

権高なものいいは気に入らないが、龍安は素直に答えた。

「菊島龍安と申します」

「横山同朋町からここまで往診であるか」

これはもうひとりの、いかめしい顔つきをしている侍だった。

「呼ばれればどこへでも出向きますので……」

「遠方からご苦労なことだ。それでどこへ行っておった？」

龍安はこの二人は、佐和と伊右衛門を探しているのではないかと思った。

「その先の長屋です」

二人はそっちのほうを見た。龍安は疑われないように言葉を足した。

「大工の女房がひどい脚気《かっけ》を患っておりまして、それを診に行ったのです」

嘘であったが、よくある話である。大工の名前まで聞かれると困るが、

「さようか。医者も大変であるな」

と、色の白い侍が応じて、連れをうながして去っていった。

龍安は我知らず緊張していたらしく、二人が去るとふっと肩を動かした。

家に戻った伊右衛門は落ち着かなかった。

だが、佐和の様子はいつになく明るい。いったいどうしたのだと疑いたくなるほど

だ。

「今夜は鍋を作りましょう」

伊右衛門は買ってきた野菜を台所に置いていった。

「鍋……」

「雨つづきで夜になると冷えます。鍋は体をあたためますから」

「そうね。病みあがりですからね。龍安先生が見えましたわよ」

「さっき会いました」

「あら、そう。何かいっておられませんでしたか？」

「また来ると。佐和様に頼まれたからとも……」

「呼んではいけないかしら。あの先生は信用できそうです」

伊右衛門は汚れた手を洗って、佐和を振り返った。

「あまりこの家には人は近づけないほうがよいです」

「あの先生でも……」

言葉はやわらかいが、佐和は人を咎《とが》める目つきになった。

「薬礼を払っておりません。今度見えたらお支払いしましょう」

伊右衛門はそういってから、佐和のいる居間にあがった。

「佐和様、この家には長くいられないかもしれません」

「なぜ……」

佐和の目が不安に揺らぐ。

「追っ手の気配を感じました。しかと見たわけではありませんが……」

「また移るのですか……。これで何度目かしら」

佐和は小さなため息をつき、言葉を足した。

「いつまで逃げまわっていればよいのです。伊右衛門」

「はい」

「わたしはなにか悪いことをしているのですか？　何もしていないのに、いつも逃げてばかり……」

「それは……」

伊右衛門は両膝をつかんで、口ごもった。

「なんです？　答えてください」

伊右衛門は落とした視線をゆっくりあげた。

「もうしばらくの辛抱です。話がまとまりつつあります」

いっていいものかどうか迷っていたが、伊右衛門はいつまでも黙っているわけにいかないと腹を決めた。

「佐和様の嫁ぎ先が決まりそうなのです。そうなれば、もう逃げるような暮らしはしなくてすむようになります」

佐和は大きく目をみはった。

「わたしが嫁に……わたしが嫁ぐというのですか？」

「はい」

「どこへです？」

「それはいまは……」

「申せ。伊右衛門、どこへわたしを嫁がせるというのです」

「さる大きな旗本です。佐和様のお父上と親しい間柄です。お相手はその方のご長男ですが、いまは江戸におられません。江戸に戻り次第返事をもらうことになっています」

「その人はいつ戻るのです？」

「近々です。長崎に大事な御用があって江戸を離れておられるのです」

「いやです！　わたしは見も知らぬ人といっしょになるのはいやです。お断りください」

「佐和様……。あなたのことを思ってのことです。そうしなければ、あなたはいつまでも命を狙われるのです」

「いやです。わたしが嫁ぐというのは、伊右衛門、あなたと離れ離れになるということではありませんか」

佐和は目の縁を赤くした。

「それはしかたのないことで……」

「なにがしかたないのです。いやです。わたしは伊右衛門のそばにいたい」

「佐和様」

「いやです」

佐和はさっと立ちあがると、座敷に歩いて行き、きっとした目で振り返った。そのまま伊右衛門を長々とにらむように見て、

「わたしは、そなたと離れ離れになりたくない」

叫ぶようにいった佐和の目から、ぽろぽろと涙がこぼれた。

「わたしは伊右衛門のことが……」

佐和はそのままさっと背を向けると、奥の座敷に消えていった。

伊右衛門は唇を嚙んで、膝に置いた手をゆっくりにぎりしめた。

## 七

川端孫兵衛はおみつが帰ってくるなり、尻を浮かして迎えた。

「遅かったではないか。待ちくたびれておったぞ」

いつになく張りのある孫兵衛の声に、おみつは一瞬きょとんとなった。

「帰りはいつもと同じはずですが……」

「そうであるか。いやそんなことはどうでもよい。早くここに来て座れ」

「なにかあったので……」

「あのね……」

ふさが口を挟もうとしたので、孫兵衛は慌てて口の前に指を立て、シッと制した。

ふさは首をすくめて口をつぐむ。

「まずは、これだ」

孫兵衛はおみつが前に座ると、懐から金子《きんす》を差しだした。懐紙に包まれたままだ。

「これは……」

おみつは金包みと孫兵衛を交互に見た。

「よいから開けてみろ」

孫兵衛にいわれたおみつは、おそるおそる手をのばし、包みの懐紙をほどいて、はっと息を吞んだ。

「三十両ある」

「こ、こんな大金を……」

「いったではないか。仕事を受けることになったのだ」

「ほんとうでございますか」

「ああ、残りの金は仕事が終わったあとでもらえる。しめて百両。だが、それだけではない。土岐正之様とおっしゃる大旗本がおられる。佐渡奉行を務められた方だ。此《こ》度《たび》の仕事を無事にやりおおせば、土岐様のお屋敷に抱え入れられるかもしれぬのだ」

「では、今度の仕事は土岐様から……」

「さようだ。だが、このことはしばらく他言無用だ。構えて他人に漏らしてはならぬ。よいな」

「あ、はい。でも、いったいどんなお仕事を」

「それもいまはいえぬ。だが、案ずることはない。見事やり遂げる」

「それはあなたおひとりでおやりになるお仕事ですか？」

「そうなるかもしれぬが、加勢がいる。とにかくその金をしまえ」

おみつは慌てたように金を包みなおして、どこにしまおうかと狭い家のなかを見まわした。

「そう狼狽《うろた》えることはない。行李《こうり》にしまっておいたらどうだ」

孫兵衛は機嫌よくいって、ふさに微笑んだ。

「ふさ、さあ飯にしよう。今日は奮発して刺身を買ってきてあるからな。わたしに酌をしてくれるか」

「はい、喜んで」

ふさは無邪気に微笑む。

「おみつ、酒をつけてくれるか。そこに刺身がある。それを肴に一杯だ」

すぐに酒肴が調い、最初の一杯をふさについでもらった。

「ふさ、これまでよく辛抱してきたな。今度、きれいな着物を作ってやろう。接《つ》ぎのあたっていないものだ。古着でもないぞ」

「新しい着物を着られるの」

「着せてやる」

孫兵衛はうまそうに酒をほし、あとは手酌でやりはじめた。表から声がかかったのは、一合の酒を飲み終わるころだった。

「川端さんのお宅はこちらですね」

「さようだ」

孫兵衛は微酔《ほろよ》い加減で返事をして、戸を開けてやった。

年嵩のいった侍が立っていた。髷を結うのがやっというほど禿《は》げていたが、身なりは悪くなかった。

「古山さんからの使いで、藤岡《ふじおか》と申します。ちょっとそこまでお付き合い願えませんか」

藤岡と名乗った侍は、声をひそめて家の中に視線を走らせた。

「急用ですか？」

「用がなければお呼び立てなどしませんよ」

「さもあらん」

孫兵衛は藤岡に応じて、

「おみつ、聞いておったろう。ちょっと出かけてくる」

といって、差料を手に藤岡のあとにつづいた。

すでに夜の闇は深かったが、雨があがったせいで皓々《こうこう》とした月が浮かんでいた。提灯もいらないほどの星月夜である。

「古山さんはどこでお待ちなのです?」

孫兵衛は前を歩く藤岡に声をかけた。

「すぐそこです」

藤岡ははっきり答えずにさっさと歩く。孫兵衛は年のわりには足のはやい男だと思って、ついていくしかない。

やがて杉森稲荷《いなり》の参道に入った。藤岡と名乗った年寄りは、鳥居をくぐるとさっさと手水場《ちょうずば》のほうに向かう。その先は、しばしば奉納相撲が行われる広場となっている。

「待たれよ。いったいこんなところに呼びだして、ほんとうに古山さん……」

孫兵衛は言葉を切った。

暗がりから抜き身の刀を手にした男が二人出てきたからだった。

「なんだ。まさか拙者を罠《わな》にはめての闇討ちであるか」

孫兵衛はさっと腰を落として、刀の柄《つか》に手をやった。その刹那《せつな》、右に迫っていた男が、いきなり斬りつけてきた。白刃が月光をはじき、袴《はかま》の裾が風音を立てた。

孫兵衛は後ろに飛び退《の》きざまに刀を鞘走《さやばし》らせた。

# 第三章　雨の道

## 一

襲いかかってくる斬撃を、抜き払った刀ではじき返した孫兵衛は、俊敏に横に動き、もうひとりの曲者《くせもの》に逆袈裟《ぎゃくけさ》の一撃を見舞った。これは相手が下がったので、軽くかわされてしまったが、寸暇を与えず背後からもうひとりが撃ちかかってきた。

孫兵衛は地に転がって、その攻撃を避け、さらに二転三転して立ちあがった。青眼に構えて体勢を整えると同時に、正面から突きがのびてきた。

孫兵衛は額に脂汗を浮かべながらも、のびてくる剣尖《けんせん》を左に払い落として、大きく下がった。肩を上下に動かし、間合いを詰めてくる二人の曲者の動きを見る。

（殺される）

という恐怖があった。だが、斬られたくない。死にたくはない。

「いったい何故《なにゆえ》の所業だ？　わけを申せ」

二人の男は無言だった。呼びだした藤岡は離れたところで、高みの見物をしている。

「なぜだ？　なぜ闇討ちなど……」

右の男が送り足を使って、刃圏内に入ってきたので、孫兵衛は口を閉じて左にまわった。そこへもうひとりが逃げ道を塞《ふさ》ぐように立った。

「とおッ！」

気合もろとも牽制の突きを送り込み、すかさず引きよせた刀で小手を撃ちにいった。きーん。金音がして火花が散った。

相手は後ろにさがった。だが、もうひとりが腰を沈めるようにして、股を狙い斬りにきた。孫兵衛は刀を垂直に立てることで、その一撃を受けて、後ろに飛びすさりながら面を狙って刀を振り下ろした。相手は半身をひねってかろうじてかわし、大きく離れた。

「そこまで……」

藤岡が声を発した。

そのひと言で、二人の男はさらに後退して、刀を下げた。

男たちにそれまであった殺気が失《う》せた。

だが、孫兵衛はいきなり襲われたという興奮と怒りを静めるのに苦労した。肩を動かして荒い息をしながら、目の前の二人と藤岡に警戒の目を向けつづけた。

「なぜ、拙者を襲う」

「試させてもらっただけだ。許せ」

藤岡が応じて、二人の男に刀を納めろと命じた。二人の男は何食わぬ顔で刀を鞘に納めた。

「孫兵衛、百姓の出ながら、天晴《あっぱ》れな腕前であった。評判どおりであるかどうか、そのことが気になったものでな」

「あなたは？」

「拙者は土岐家の用人、藤岡金右衛門《きんえもん》と申す。そなたのことは脇坂と古山から聞いておったが、この目でたしかめたかったのだ」

「……試すなど……まったく肝が冷えたではありませんか」

「許せ。だが、脇坂と古山の目に狂いはなかったようだ。ここにいる二人は、練兵館で腕を磨いてきた者。侮《あなど》りがたい腕達者であるが、よくぞ互角に戦った」

褒められてもあまり嬉しくはない。孫兵衛はようやく気を静めて、刀を鞘に戻した。

正直なところ、膝がふるえるほど恐怖していたのだ。

「人を斬ったことはないらしいが……」

「斬ったことはありません。しかし……」

孫兵衛が口をつぐむと、藤岡は眉宇をひそめた。

「しかし、なんだ？」

「いや、なんでも……」

あることを口にしそうになったが、孫兵衛は喉元《のどもと》で堪《こら》えた。めったに人にいえるようなことではない。

「手付けの金はわたしてある。しっかり役目は果たしてもらうからな」

「それはよくわかっております」

「腹を据えてやってもらう。万にひとつもなかろうが、逃げることはできぬ。もし、逃げたとしても草の根わけてでも探し、その命をもらう。まあ、そなたには恋女房と可愛い娘がいる。二人の幸せを願っているなら、此度の役目をきっちり果たすことだ」

「御用人と申されましたね」

「さようだ」

「古山さんと脇坂さんには話してありますが、目的を果たすことができたら土岐家で召し抱えていただけるのでしょうか」

「それは結果次第だ。むろん、召し抱えの件は殿の耳にも入っている」

「いかように……」

「望みはおそらく叶うだろう」

孫兵衛は救われる思いがした。

「だが、それもそなたのはたらき次第だ」

「重々承知しております」

「わたしからもよしなに頼む。さっきは無礼であったな。許せ」

藤岡は軽く頭を下げると、連れの二人に顎をしゃくって先に境内《けいだい》を出ていった。

それを見送った孫兵衛は大きく嘆息して、夜空をあおいだ。叢雲《むらくも》が月を呑み込もうとしていた。雲は低いところに重たそうにたれ込めている。

（また、明日は雨かもしれない……）

孫兵衛はそう思って自宅長屋に引き返した。

# 二

「よく飽きもせず降るな」

精蔵が百味箪笥の整理をしながら、砕いた薬剤を乳鉢で細かくすりつぶす作業をしている久太郎に話しかけた。

「梅雨の時季ですからしかたないでしょう」

「それにしても今年は雨が多いような気がする」

「そのせいで患者が少なくていいです」

「久太郎、そんなことをいってはならぬ」

「どうせ、薬礼も払えない者ばかりではないですか」

二人のやり取りを聞くともなしに聞いていた龍安は、きっとした目を久太郎に向けた。

「あ、先生」

「好きで金を取らないのではない。おまえは口が軽くていかぬ」

「でも先生、金があるくせにわざと貧乏人のふりをしている者もいるんです」

そのことは龍安にも心あたりがある。

「先生の足許を見て、ただで診察を受けているんですよ」

「いわれなくてもわかっておる」

「だったら、いってやればいいじゃないですか。おまえからはちゃんとお代を取るとかなんとか……」

久太郎は不平顔だ。

「そのときが来たらそうする。おまえは余計なことは考えなくていい」

「だって……」

まだ何かをいいたそうな久太郎に、「これこれ」と、精蔵が諭すような顔をした。

久太郎は口を鮹《たこ》のようにして作業に戻った。

龍安は書き物の手を止めると、筆を置いて表を眺めた。雨は夜半から降りはじめたが、少し弱くなっている。

「出かけてこよう」

そういって腰をあげると、

「どちらへ？」

と、久太郎が聞いた。

「安次の様子見だ。膏薬を出してくれ。薬箱はいらぬ」

「ひとりで行かれるんですか?」

「安次を診たらすぐに帰ってくる。なに、手間はかからぬ」

精蔵が膏薬をわたしてくれたので、それを懐に入れた龍安は、台所仕事をしているおたねに、

「昼はすませてくるから、わたしの分はいらぬぞ」

と、いいつけて家を出た。

雨は弱くなっているが、やみそうにない。龍安は高下駄を履いて、ぬかるむ道を拾っていった。長雨のせいで町はひっそりとしている。人通りもいつもの半分もない。歩きながらなぜか佐和の顔が浮かんだ。それから佐和の面倒を見ている伊右衛門のことも気にかかった。

——生まれたときから、わたしは殺されるかもしれない運命なのです。

佐和はそんなことをいった。

いったいなぜ、そのようなことになっているのか……。伊右衛門は佐和とどのような関係にあるのだろうかと、思わずにはいられない。

(どうにも……)

龍安には謎であった。

安次の住む岩本町は、ごみごみと家が建て込んでいた。人づてに安次の長屋を聞いて、うす暗い路地に入った。

雨が異臭を吸い取ってるようだが、晴れた日には臭《にお》いがきつそうな長屋である。どぶ板のところどころが剝げ落ちて、そのままになっていた。

安次の家の前で声をかけると、赤子のぐずる声が聞こえて、すぐに戸が開き、女房のたきの顔がのぞいた。

安次は居間に座り、欠け茶碗で酒を飲んでいた。

「具合はどうだ？」

龍安は敷居をまたがずに訊ねた。

「朝からあの調子なんです」

たきが沈鬱な顔でいう。

「先生、そんなところにいないで入ってください。見てのとおりの汚《きたね》えところですが、遠慮はいりません」

「どうだ？」

龍安は三和土に入って訊ねた。顔の傷は治りかけているが、縫った顎の肉が少し盛りあがっている。

「邪魔をする」

龍安は断ってあがりこむと、

「酒は控えろ。傷にも骨にもよくない。それだけ治りが遅くなる」

と、安次に注意を与えて、顔の傷を診て、持ってきた膏薬を顎に塗ってやった。

「傷口は塞がっているので心配はいらぬだろうが、油断をするな。この時季は膿《う》みやすくなる。下手《へた》にさわらないことだ」

「へえ」

安次は殊勝な顔で答える。

「足のほうはどうだ?」

「どうって……痛みは治まりましたが、まったく動かせません」

「当然だ。無理に動かそうとしてはならぬ。おまえはまだ若いから治りは早いはずだ」

龍安は副木の具合を見て、足を固定しなおした。

「先生、ほんとに半年はかかりますか?」

「そう考えておいたほうがよい」

「……半年も……」

そういって大きなため息をついたのは、茶を淹《い》れていたたきだった。がっくり肩を落として、暗い目を龍安に向けた。

大黒柱がはたらけなくなったから、この先の暮らしが不安なのはわかる。それに幼子を抱えている。

「この子がいなければ、はたらきに出られるんですが、それもままなりません。なんだかお先真っ暗です」

「おい、口を開けばそんなことばかりいいやがって、好きでおれは骨を折ったんじゃねえ。しかたねえだろう」

安次がたきに怒鳴り声をあげた。ぐずっていた赤子が大きな声で泣きだした。

「早く治したかったら酒をやめることだ。四月や半年ぐらいの辛抱はできるはずだ。足が治ればいくらでもはたらくことはできる」

「そりゃまあ、そうですが……」

「暮らしがきついのはわかる。おまえの親方は相談に乗ってくれたのか？」

「へえ、まあ、前借りってことで少しは貸してもらいましたが、それで足りるわけもないから、あちこちの親戚を頼っているところです」

親戚を訪ね歩いているのは、たきにちがいない。龍安は、たきを見た。

「話をわかってくれる家は少ないです。どこの家も台所はきついし、財布の紐《ひも》はかたいですから……」

たきは肩をうなだれさせてうつむく。なんだか、龍安まで滅入りそうだ。

「力になってくれる家はないのか？」

「ないことはありませんが……」

か細い声で答えるところを見ると、見通しは明るくなさそうだ。

龍安は家の中に視線をめぐらして、しばらく考えた。赤子は泣きやんで、安次に撫でられている。

安次は腕も折っているので、動くのはままならない。たきがいなければ、満足に飯を食ったり、厠《かわや》に行くのも大変だろう。何をするにしても当分の間は人の手を借りなければならない。

「おたき、おまえさんは読み書きはできるか？」

ふいの問いに、たきはきょとんと首をかしげた。

「どうだ？」

「はい、できます」

「算盤《そろばん》はどうだ？」

「うまくはありませんが、少しなら……それがなにか？」

「明日、暇を見てわたしの家に来い。手伝ってもらいたいことがある。それ相応の給金も出す」

「それは薬礼の代わりということでしょうか……」

たきの目が輝いた。だが、それは一瞬で、
と、心許ない表情になる。

「薬礼は別だ。わたしには何かと雑用がある。それを手伝ってくれるか？」

「わたしにできるようなことでしたら」

「仕事は難しくはない。それもわたしの家でやらずにここでやってもらえばいい。ときどき、安次の様子見がてら、できた仕事を受け取りに来る」

「でも、いったいどんなことを……」

「医書のまとめと、出納の算計をやってもらいたい。弟子がいるが、あの者たちは他のことで忙しいのでな」

「先生、そんな大事なことを、ほんとうにおたきに頼んでよろしいんで……」

安次が身を乗りだすようにして目をしばたたいた。

「やってもらえれば、わたしも助かるのだ」

「ありがたいことで……。では、お願いいたします。おたき、おまえもちゃんと頼むんだ」

安次にいわれたたきは、両手をついて深々と頭を下げた。

三

安次の長屋を出て、通油町《とおりあぶら》まで来たときだった。

「これは先生じゃねえか」

という声がかかった。

そっちを見ると、北町奉行所の定町廻り同心の栗木《くり》十五郎《きじゅうごろう》と、「出目」と綽名《あだな》されている小者の伊三郎《いさぶろう》が立っていた。二人とも番傘をさしている。

「ちょうどよかった。その辺で飯でも食わねえか。昼にゃ少し早いが……それとも急ぎの用でも……」

「いや、かまわぬ」

龍安は十五郎に応じた。

近くに蕎麦屋《そばや》があり、三人はそこに入った。飯台を囲んで座ると、十五郎はすぐに酒を注文した。

「仕事の最中じゃ……」

「かまうこたァない。このところ暇でな。これといった揉《も》め事もないんだ。おれたちにはいい休みだ。それもこの雨のせいかもしれねえ」

十五郎は格子窓の外を見ていう。

龍安は以前町奉行所の検死役をやっていたことがある。その縁で、十五郎とは切っても切れない仲になっていた。十五郎のほうが年長だが、龍安は同等の口を利く。

「先生のほうはどうだ？　相変わらず忙しいのかい？」

「ぼちぼちといったところだ」

「それはなによりだ」

毒にもならない世間話をしているうちに、そばが運ばれてきた。十五郎は麺にたっぷり汁をつけて食べる。

そばをズルズルすすりながら、

「こう雨つづきだと見廻りも大変だろう。そういうわたしも往診が億劫ではあるが……」

龍安は口の端についたつゆを手の甲でぬぐって、箸を動かす。

「面倒な殺しの片がついたばかりだ。見廻りなんざ、その探索に比べりゃ楽なもんだ。だが、ちょいと頼まれてほしいことがある」

おいと、十五郎は伊三郎に声をかけた。心得ている伊三郎が、すかさず懐から人相書きを取りだして、龍安にわたした。

「これは……」

「質《たち》の悪い掏摸《すり》だ。殺しはしていないが、刃傷沙汰《にんじょうざた》を起こしている。上野にある呉服屋の手代の腹を刺して行方知れずだ。もし、見かけたら押さえてもらいたい」

掏摸は喜之助《きのすけ》という名だった。年のころは三十前後。あまり特徴のない男だが、左腕に赤い牡丹《ぼたん》の彫り物をしているらしい。

「心得ておこう。これはもらっていいのか?」

「どうぞ、持っていてください」

伊三郎がそういうので、龍安は人相書きを懐にしまった。もし、押さえることができれば、十五郎はそれなりの褒美金をくれる。

別にあてにしているわけではないが、金はないよりあったほうがいい。それに、安次の面倒を見るために、出銭が増えることになる。

そばを食べ、互いの近況を話しあって十五郎が勘定をしたとき、龍安は窓の外に何気なく向けた目を見開いた。

窓のすぐそばを歩き去った男の横顔を見たからだった。

岡野伊右衛門だった。

「栗木さん、馳走になった。用を思いだしたので先に失礼する」

「何だ急に……」

「掏摸の喜之助のことは承知した」

龍安は表に出ると、遠ざかりつつある伊右衛門の後ろ姿を認めた。足を早めて、横山町に入ったところで声をかけた。

「岡野さん、岡野さんではありませんか」

龍安の声に、岡野伊右衛門が振り返った。用心深そうな目をしていたが、龍安と知ると、わずかに表情がゆるんだ。

「先生」

「そこで見かけましてね。これからお帰りですか？」

「ええ。先生は往診でも……」

伊右衛門はそこで手ぶらの龍安に気づいた。

「今日の往診はこれだけです」

龍安は懐から膏薬の入った小さな壺《つぼ》を取り出して見せ、

「お急ぎですか? もしよかったらその辺でお茶でもいかがです」

と、片頬をゆるめて誘ってみた。伊右衛門には聞きたいことがある。

「せっかくですが、佐和様を待たせておりますので……」

「では、途中までごいっしょしましょう」

伊右衛門は一瞬、戸惑いを見せたが断りはしなかった。そのまま肩を並べるようにして歩いた。

「なにか話でもおありのようですね。薬礼のことなら、いまここでお支払いしますが……」

伊右衛門は無粋なことをいって、龍安に顔を向けた。芯の強い目をしている。それに合わせたように眉も濃く、目も鋭かった。しかし、その顔貌にはなにかに耐えながらも人を包み込む、人間的な情が感じられる。

「薬礼はいつでも結構です」

「そうはいきません」

伊右衛門はそういって、懐から財布を取りだそうとした。

「あとでよいです」

伊右衛門は不審そうな目を向けたが、そのまま黙って歩きつづけた。聞きたいことのある龍安だが、伊右衛門の足がはやいのと、周囲の通行人の耳が気になった。両国広小路に出ると、呼び込みや囃子《はやし》の音が邪魔になった。

結局、口を開いたのは大橋をわたりはじめてからである。

「先日、岡野さんにお会いしたあとで、妙な侍に声をかけられましてね」

「…………」

伊右衛門は怜悧《れいり》な目を向けてきた。龍安は話をつづけた。

「名と住まいを訊ねられたので、正直に申しましたが、あれはうっかりだったかもしれません。相手は二人で、誰かを探しているようでした」

「その二人は名乗りましたか？」

「いいえ。これは勘ですが、ひょっとすると佐和様を探していたような気がします」

龍安はそういって例の二人の侍が、法恩寺橋のたもとにある茶店で話していたことを口にした。伊右衛門の表情がかたくなった。そのまま橋の先に視線を投げていたが、ふいに龍安に顔を戻した。

「先生はどうしてそんなことを気にされるのです？」

「佐和様は、わたしに生まれたときから殺されるかもしれない運命にあるとおっしゃいました。そんなことを聞いて、気にならないほうがどうかしています」

伊右衛門は短いため息をついた。

「先生の剣術の腕前はいかほどでしょうか？」

思いがけない問いかけだった。龍安は黙っていた。

「まあ、聞かずともわたしにはわかります。ただならぬ腕だと」

「買い被《かぶ》りです。昔取った杵柄《きねづか》というやつでしょうか。その程度です。もっとも弟子に請われて、ときどき稽古をつけたりはしていますが……」

「ご謙遜を……。先生、ご迷惑でなかったら家までごいっしょ願えますか。佐和様も会いたがっていますゆえ」

「わたしも会いたいと思っていたんです」

龍安はそう応じてから、口辺にやわらかな笑みを浮かべた。

そのまま二人は黙って歩きつづけた。

雨は強くも弱くもならない。しつこく降りつづけるだけだ。歩くうちに着物の裾が雨を吸って重くなり、肩のあたりも濡れてしまった。

背後に人の気配を感じたのは、御竹蔵の裏道沿いに南割下水を過ぎたときだった。

「誰か尾《つ》けてくる」

伊右衛門が小さくつぶやいた。すでに龍安もそのことに気づいていた。

「気のせいかもしれません。先生、このまま歩きます」

伊右衛門の声には緊張の色があった。龍安は背後に神経を配りながら、いっしょに歩きつづけた。

「来ますよ」

いったのは龍安である。背後からくる人の気配が強くなった。

四

「待たれよ」

声をかけられたのは、両側を旗本屋敷の塀に挟まれた小路に入ったときだった。

龍安と伊右衛門は同時に立ち止まったが、伊右衛門は振り返らなかった。代わりに龍安が振り返った。

瞬間、相手の眦《まなじり》がぴくりと動いた。龍安もこめかみのあたりの皮膚を動かした。

尾けてきたのは二人の侍だった。

「先日の医者だな。法恩寺の前で会っている。覚えているな」

色の白い男がいった。龍安はうなずいた。

「そちらの御仁、顔を見せてくれぬか」

首をのばすようにして伊右衛門に声をかけたのは、頑丈そうな体に、いかめしい顔をしている男だった。伊右衛門は固まったように動かなかった。

「……どうした？　耳が聞こえぬのか」

いかめしい顔をした男が近づいてきた。そっと、刀の柄に手を添える。龍安は警戒したが、伊右衛門は後ろを向いたままだ。

「なんのご用か知りませんが、急いでいますゆえ。失礼いたします」

伊右衛門は前を向いたまま応じて、足を進めた。

「待て」

いかめしい顔をした男が足をはやめて伊右衛門を追った。瞬間、伊右衛門はわずかに腰を沈めた。

追う男が傘を捨て、刀を抜き払った。刹那、伊右衛門の体が反転し、傘がふわりと投げ捨てられた。その傘は、伊右衛門と追う男の間に落ちた。

すでに伊右衛門は刀を抜いていた。いかめしい顔をした男は八相に構えていた。

二人は二間《にけん》の距離でにらみあう恰好になっている。

「やはり、そうであったか」

口の端から声をこぼしたのは、龍安のそばにいた色白の侍だった。

「岡野伊右衛門、探したぞ。森川数右衛門の隠し子はどこだ？」

色白の侍は刀を抜いて歩み寄った。伊右衛門は無言のまま、青眼の構えで二人の男を見ている。人気《ひとけ》のない雨の道に、一触即発の緊張が高まっていた。

龍安は黙って見ているわけにはいかないが、無腰である。手にあるのは役に立ちそうにない傘のみだ。

「土岐家の家来、田原作之助《たはらさくのすけ》」

色の白い男だった。

「同じく、井元秀五郎《いもとしゅうごろう》」

伊右衛門と対峙《たいじ》している男がいった。

「隠し子はどこにいる。いえば、斬り合うことはない」

田原が諭すようにいうが、伊右衛門は無言である。雨がその顔を濡らしている。抜身の刀も雨に濡れていた。

息詰まるような緊張を保ったまま、田原と井元は間合いを詰めた。

「やめるんだ。何があったのか知らぬが、刀を引け」

龍安がそういって足を進めたとき、田原が伊右衛門に撃ちかかっていった。ガチッと、一撃を受けた伊右衛門は素ばやい身のこなしで、相手をいなすように右にまわりこんだ。片足が水溜まりにつかっていた。

つぎの瞬間、井元が大きく足を踏み込んで突きを送り込んだ。伊右衛門は送り込まれてきた刀に、自分の刀をからめるようにして横に打ち払い、すばやく棟を返しながら刀を上段に振りあげると、その勢いのまますぐさま振り下ろした。

ズバッと、布を裁ち肉を斬る音が耳朶《じだ》にひびき、井元の肩口から鮮血が迸《ほとばし》った。

龍安は殺し合いを見ているわけにはいかなかったが、それは一瞬のことだった。

「やめろ。やめるんだ」

龍安はいいながら斬り倒された井元の刀を急いで拾ったが、そのときは伊右衛門と田原が斬り結んでいた。

伊右衛門が横なぎの一刀をかわせば、田原は逆袈裟に刀を振る。両者は、パッと飛びすさって、二間の間合いに離れたが、すぐに吸い寄せられるように撃ち合いに転じた。

伊右衛門の刀が斜線を引く雨を断ちながら、田原の横面《よこつら》に襲いかかった。田原は紙一重でかわすと、右八相から刀を振り下ろした。

すぱっと、伊右衛門の左肩が斬られた。みるみるうちに鮮血が肩口を染め、雨に薄められた。だが、浅傷《あさで》のようだ。伊右衛門に動揺は見られない。

龍安が二人の間に入っていこうとしたとき、伊右衛門の刀が鋭く横に振り切られた。

「うぐぅ……」

田原が脾腹《ひばら》を斬られていた。ぐらっとよろめき、刀を杖にして伊右衛門を振り返った。刹那、伊右衛門は田原の面を断ち斬った。

何もなかった静かな通りに、二つの死体が転がっていた。

それはわずかな時間に起きたことであったし、斬り合いの音は雨音にさらわれていた。また静かな武家地には人の目もなかった。

龍安は雨に濡れたまま、肩を上下させる伊右衛門を見た。伊右衛門も龍安を見てきた。

「行きましょう」

先に口を開いたのは伊右衛門だった。

「わけはあとで話します」

龍安は傘を拾って、伊右衛門に斬り倒された二人の侍を見て足を急がせた。

# 五

「ただいま戻りました」

伊右衛門が先に玄関で傘のしずくを払って土間に入った。遅れて龍安がつづくと、奥の座敷から「お帰りなさいませ」といって佐和が姿を見せ、龍安と目が合うと、頬にやわらかな笑みが浮かんだ。

「先生、来ていただけたのですね」

「途中で、岡野さんにお会いしましたのでついてまいりました」

「あら、二人ともずぶ濡れ……」

そこで佐和の目がはっと驚いたように見開かれ、駆けるように伊右衛門のそばにやってきた。

「怪我をしているではありませんか。いったいどうなさったのです」

「うっかり粗相をしただけです。なんともありません」

伊右衛門は怪我をしている肩を隠すように土間奥に歩いていった。怪我は龍安が簡単に手当てをしていた。さほどの傷ではなかったので、龍安は胸をなで下ろしていた。

「伊右衛門、ほんとうに大丈夫……」

佐和はあくまでも心配顔だ。

「心配はいりません。さあ先生、これを……」

伊右衛門が乾いた手拭いを持ってきて龍安にわたした。

「そんなにひどい雨ではないはずなのに……」

佐和は首をかしげると座敷に戻り、

「先生、わたしと歩く約束でしたけど、あいにくの雨ですわね」

と、さも残念そうにいう。家の中は暗いので、燭台を点してあった。

「佐和様、先生と話したいことがあります。奥の間を使いますので、しばらく席を外していただけますか」

伊右衛門が告げると、佐和は少しふくれ面になった。

「まあ、男同士で何やら密談でございますか。わたしは邪魔者扱い。……かまいませんわ。わたしは縫い物をしていますので……」

佐和はそういって居間のほうに身を移した。

龍安は奥の小座敷に通されて、伊右衛門と向かい合った。小さな蔀戸《しとみど》が開けられていて、雨に濡れた竹林が見えた。趣のある部屋で、畳に一尺四寸四方の切れ込みがあった。冬場は炉が切られるようだ。

「先ほどはとんだことになりましたが、先生にお怪我がなくてなによりでした」

伊右衛門は頭を下げて謝った。

「そんなことはおやめください。それより、あの者たちは……」

龍安はまっすぐ伊右衛門を見つめた。

「もはや隠しごとはできないでしょう。先生は佐和様から何やらお聞きになっておられる。それに、さっきのことでいくつかの名を耳にされた」

「………」

「あの者たちが口にした隠し子というのは、佐和様のことです。佐和様は森川数右衛門とおっしゃる御旗本の妾の子です。わたしは森川様の家来です」

「その森川様は……」

「もうずいぶん昔のことですが、自害なされました。十六年前の出来事です」

「自害……なぜ、そんなことに……」

「疑問に思われるのは無理からぬこと。こうなったからには先生には何もかも打ち明けましょう」

伊右衛門はそう前置きをして話しはじめた。

いまを去ること十六年前——。

伊右衛門は直心影流《じきしんかげりゅう》の名手と呼ばれる腕前で、下谷の道場で師範代をやっているときに、森川数右衛門に見出され、剣術指南役として森川家に抱え入れられていた。

当時、主の森川数右衛門は、役高二千石の作事奉行で、代々受け継いでいる家禄とあわせると四千五百石の大旗本であった。

事件は、伊右衛門が森川家の家人となって二年後の、二十八歳のときに起きた。

「岡野、大変なことが起きようとしている」

同じ家人の村野《むらの》から告げられたのは、森川家が改易されるかもしれないという話だった。

「なにゆえそんなことに？」

「まだ、おれにもよくわからぬ。しかし、おぬしも悠長に剣術指南などやっている場合ではないぞ。近いうちに重大な沙汰が下されるらしい」

伊右衛門は深刻な顔で告げる村野を凝視した。

「重大なとは……」

「だから殿様が、いや森川家が改易になるかもしれぬということだ」

その理由を聞いても村野はよく知らなかった。

だが、事態はすぐに家中に広まった。森川数右衛門が作事奉行の地位を濫用して、公金五百五十両を着服し、私的遊興費に使ったというのだ。

当の数右衛門は評定の席で、その疑いを否定しつづけたが、調べにあたった目付の土岐正之は頑《かたく》なで、数右衛門の知らない証拠を持ちだし、大目付の裁可をあおいだ。

証拠は芝増上寺の霊廟《れいびょう》の普請費に当てられた金の流用であった。

どこからそんな出納帳が出てきたのか、数右衛門はまったくわからなかったし、身に覚えのないことだった。また、数右衛門の下役連中も、そんな不正はないと嫌疑を晴らそうとしたが無駄であった。

「これには作為が施されていたのです」

出納を担当する用人がその作為に気づき訴えても、咎めが決まったあとでもはや遅すぎることだった。

数右衛門は自らの潔白を晴らすために、改易が決まった三日後に腹を切って果てた。家族はもとより家来たちの悲嘆は深かったが、数右衛門を追い落とした土岐正之への怨念も募った。

「土岐家は先代より、森川家とはそりの合わぬ家柄。ことあるごとに森川家に〝けち〟をつけていた」

というのは家督を相続するはずだった数右衛門の長男・倫太郎《りんたろう》だった。土岐家のけちは、いわゆる中傷であった。それは婚儀や屋敷割りに及び、ことあるごとに文句をつけ、周囲のやっかみを買わせようというものだった。

「放っておけ。いいたいやつにはいわせておけばよいのだ」

数右衛門は家来たちの義憤をなだめるために鷹揚《おうよう》にいっては、悠々堂々としていた。そんな主人に家来たちはますます信頼を篤《あつ》くしていたのだった。

しかし、出納帳に工作をされて汚名を被らされ、主人が詰め腹を切ったとなれば、黙っているわけにはいかなかった。

「土岐正之を討つ」

倫太郎が意を決したのは、数右衛門の死から二日後のことだった。倫太郎は家中の家来七人を自分の部屋に入れ、土岐正之襲撃の誓いを立てた。みんなは金打《きんちょう》をして、その決意をかたくした。

伊右衛門もその七人の中に入っていたのだが、いざ襲撃の朝になって倫太郎に呼びだされた。

「伊右衛門、そなたは同道しないでくれるか」

「は……。この期に及んでいったいどういうことでございましょう?」

伊右衛門は父親似の倫太郎を見つめた。

倫太郎は視線を外すと、宙の一点を見てしばらく黙っていた。それから朝日の射す庭に目を向けたまま、静かに口を開いた。

「父にはもうひとり子がいる。生まれたばかりだ。左知《さち》殿という妾の子である。当家は、これで終わってしまう。母上もわたしらが討ち入ったあとに果てられるお覚悟。それでなくても森川家の血は、わたしの死をもって断ち切られることになる。しかし、左知殿が産まれた子は、父の血を引いている。唯一、森川家の血を引く者だ。その子を守ってほしい。森川家の血を絶やしたくないのだ」

倫太郎は伊右衛門に顔を向けた。

穏やかな顔だった。二十三歳という若さだったが、その顔に悲壮感はなく、屹然《きつぜん》とした目には一家の長としての貫禄さえ窺えた。

「わかってくれるか……」

倫太郎の目の縁が赤くなった。

その必死なる胸中は伊右衛門にもよく理解できた。一族の血を絶やしたくないという強い思いは、武家の者なら誰でもわかることである。

「しかし、なにゆえわたしを……」

伊右衛門は聞かずにおれなかった。

「他の者でもよいかと考えたが、やはりそなたしかいない。討ち入りによって土岐家は反撃に出てくるはずだ。そのとき、他の者では心許ない。そなたならきっと左知殿の子を守ってくれよう」

「………」

伊右衛門はうつむいて、自分の膝許を見つめた。

「頼まれてくれぬか」

伊右衛門が顔をあげると、倫太郎は両の目から涙を噴きこぼし、これこのとおりだといって深々と頭をさげた。

「おやめください。おやめになってくださ い若殿」

「伊右衛門、そなたが森川家の血を守るのだ。他に守れる者はいない。左知殿の子が立派に育ったなら、しかるべき家に嫁がせてくれ。そのことよろしくお願いいたす」

このときはじめて妾の子が女だということに、伊右衛門は気づいた。

「わたしの頼み、聞いてくれるな」

懇願するように頼む倫太郎を見て、伊右衛門の胸は熱くなった。我知らず、涙が頬をつたっていた。

伊右衛門は唇を嚙みながらも、倫太郎の頼みを聞き入れた。

「承知いたしました」

「その日の夕刻、倫太郎様と森川家の家人六人は、下城途中の土岐正之殿を襲ったのですが、警固がかたくまわりの供侍と斬り合うのが精いっぱいで、目的を果たすことは叶いませんでした」

話をつづける伊右衛門はそのときの無念を思いだしたのか、しばらく口を閉じて天井の隅をにらむように見ていた。

静かな部屋にかすかな雨音と、竹林を吹き抜ける風の音が忍び入ってきた。

「倫太郎様と家人六人は、その場で斬られるか自害。深傷《ふかで》を負いながら生きのびようとした者もいますが、その者も追っ手から逃げられぬと悟ると、喉をかっさばいて果てました」

「お家の奥様やお女中はどうなったのです?」

「奥様は首を突かれて自害。お女中と使用人はその前に暇を出されておりました」

「佐和様を預かったのはその日のことですか……」

龍安は伊右衛門を眺めた。

「さようです。以来、わたしは佐和様とともにひっそりと暮らしていましたが、ある日追っ手がやってきました。森川家の血を引いた子がいると知った、土岐家の者です。土岐家は森川家の血を根絶やしにしないと気がすまないのでしょう。土岐正之殿はその後目付から佐渡奉行に出世され、隠居をされていますが、襲われた遺恨は深いようです」

「しかし、十六年も前のこと……。しかも相手は……」

龍安はそこまでいって、かぶりを振ってため息をついた。たとえ妾の子であっても、佐和が森川家の血を引いているのはたしかなことである。

「このまま隠れるように、土岐家から逃げまわらなければならないのですか？」

龍安は言葉をついだ。

「もうしばらくの辛抱です。佐和様の嫁ぎ先が決まりそうなのです。もし、決まれば土岐家が手出しできなくなるのは必定。十六年間の苦悩もようやく去ることになります」

「どちらへ嫁がれると……」

「それは、いえないことです」

伊右衛門は静かに首を振った。

「先生にはご迷惑をおかけしました。それに信用できる方だと思い話をいたしましたが、このことかまえて他言無用に願います」

「承知しました」

六

龍安が佐和の家を辞したのは、夕七つ（午後四時）前だった。

雨のせいですでに夕暮れの暗さである。どこの商家にもあかりが入っていたし、煮売り屋や居酒屋の中には、掛行灯に火を入れているところもあった。

来た道を嫌って竪川沿いの河岸道を歩く龍安は、佐和と話したひとときのことを思い返していた。伊右衛門の打ち明け話を聞いたあとで、茶を飲みながら短い刻を過ごしたのだ。

佐和は努めて明るく振る舞ってはいるが、ときに表情を曇らせもの憂げな目をする。ころころと笑うときは、あどけない少女の面影を見せもする。

「伊右衛門はああ見えても、そそっかしいところがあるんですよ。お餅《もち》を食べて喉につかえさせて、顔をまっ赤にしたり、下駄と草履を片方ずつ履いたり……。そうそう、この前は竈の前で大きな叫び声をあげて尻餅をつきましたね」

「佐和様、それは……」

伊右衛門が恥ずかしそうに、いわないでくれと首を振るが、佐和は思いだし笑いをしながら、

「先生、なんに驚いたと思います？」

と、龍安に聞く。

「さあ、なんでしょう？」

「竈の中から鼠《ねずみ》が飛びだしてきたんです。あのときの伊右衛門の顔……」

佐和は口を押さえて、楽しそうに笑った。

そんな佐和は医者の仕事に興味があるのか、龍安の仕事についてあれこれと質問を重ねた。薬はどうやって煎じるのか、その薬の元はどうやって手に入れるのか、生薬屋から買わずに自分で野草を採りに行くときもあるのか、どんな患者がやってきて、どんな病気が多いのかなどであった。

「先生、この近くにもたくさん薬になるような草木があると思います。今度いっしょに探しにまいりましょう。いい気晴らしにもなりますわ。そう、伊右衛門もごいっしょしましょうね」

くったくない佐和には好感が持てた。龍安は暇を見つけてまた訪ねてくるので、そのときに野草を探そうと約束をした。

雨の勢いはすっかり衰え、いまは糠雨《ぬかあめ》になっていた。河岸道を歩く龍安の脳裏に佐和の顔が浮かんでは消え、消えては浮かんだが、楽しげに笑う顔ではなかった。ふと見せる、翳りのある顔だった。

他人との交際が少ないまま育った佐和のことは、本人でなければわからないだろうが、龍安が見るかぎり人見知りをする女ではない。どちらかといえば積極的に人と交わりたがる性格のようだ。

それなのに友達もいなければ、知り合いも少ない。ときに近くの町を歩いているようだが、人との接触が少ないのはやはり淋しいにちがいない。

伊右衛門は佐和が嫁ぐことができれば、これまでの苦労はなくなるといった。それはつまり、佐和の幸せにつながるということであろうが、いつ実現するのだろうか思わずにはいられない。

（早く、そうなればよいが……）

と、龍安は祈るような思いに駆られた。

それにしても気にかかるのが、土岐家の者たちの動きである。伊右衛門は田原と井元という二人の者を斬ったが、このまま無事にすむとは思われない。

人目はなかったので伊右衛門のことはわからないだろうが、あの二人は本所界隈に目を光らせていたはずである。

土岐家の者は二人の死に疑いを持つはずだ。そうなれば自ずと、あの界隈の探索をするだろう。

町方も動くはずだが、殺されたのが土岐家の家人だとわかれば、その捜査は目付に譲りわたされる。だからといって伊右衛門に辿りつけはしないはずだ。

龍安は伊右衛門と土岐家の二人が斬り合った場所を思い浮かべた。

（あのとき、見た者はいなかった）

それは確信できることだった。

しかし、土岐家はこれで動きを活発にするだろう。

（杞憂《きゆう》であればよいが……）

龍安は暗くなった雨の道を歩きつづけた。

家に帰ったときはすっかり夜の帳《とばり》に包まれていて、座敷にも居間にも行灯と燭台がともされていた。

「お帰りが遅いので心配しておりました」

乾いた手拭いと、手桶を持ってきた精蔵がいった。

「ちょいと寄り道をしたのでな。何か変わったことはなかったか？」

「何もありません」

「明日からもうひとり手伝いが来ることになった」

「それは……」

「怪我をして運び込まれた左官がいただろう」

「安次という者ですね」

「あの女房に医書の整理をやってもらう」

「はて、それは……」

精蔵は首を横に倒し、解せない顔をする。

「調べものをわかりやすくするために、抜き書きをしてもらう。算盤もできるらしいので、出納の整理もやってもらおうかと思う」

「……先生」

精蔵がまじまじと見てきた。

「なんだ？」

「なんでもありません。だから先生は、お助け明神様といわれるのですね。いえ、それはそれでいいんです。わたしはかまいませんが、それにしてもそんなふうにして手を差しのべられるとは……」

　精蔵は感服顔で台所に向かったが、

「精蔵、ちょいと来てくれ」

　と、龍安が呼び止めた。

　診察部屋で精蔵と向かい合うと、

「ひとつ頼まれてもらいたいことがある」

「なんでしょう？」

「佐渡奉行を務められ、いまは隠居されている土岐正之という旗本がおられる。その人のことを少し調べてもらいたいのだが……」

「土岐、正之……佐渡奉行だったお方ですか？　いったいなぜ？」

「その人の人となりが知りたいのだ。また土岐家のこともわかればありがたい。できぬか？」

「さあ、それはやってみなければわからないでしょうが……」

「このことは土岐家には知られたくない。ひそかにやってくれ」

「どこまでできるかわかりませんが、お屋敷はどこに？」

「それは明日調べて教える。ところで久太郎はどうした？」

龍安は久太郎の姿が見えないので気になっていた。

「買い物です。先生の酒がないからといっていました。……それにしても遅いな」

精蔵は玄関のほうに目を向けた。

「あやつ、自分が飲みたいからだ。そんなところにはよく気のまわる男だ」

龍安が苦笑いをして文机に向かえば、精蔵は茶を持ってくるといって台所へ立っていった。

診察日記を開いた龍安は、その日診た患者の症状や、治療法を記している。投薬についても、その量や期間が適当であるかどうかを記録する。今後の参考と治療に大事なことだった。

「精蔵さん！　先生はまだ帰っていませんか！」

大きな声で久太郎が土間に飛び込んできた。

龍安が衝立の上に顔をだすと、

「あ、先生。大変です。身投げをした者がいます。来てもらえますか」

と、久太郎が血相を変えていう。

# 第四章　尾　行

## 一

身投げをしたのは赤子を抱いた女だという。

引き揚げられた自身番まで行く間に、龍安は久太郎からそう教えられて、いやな胸騒ぎを覚えていた。

（まさか、安次の女房・たきと赤子のきよでは……）

そう思ったのだ。

母と子は浜町堀に架かる汐見橋のそばに飛び込んだという。見つけたのは近所をまわっていた棒手振《ぼてふり》で、大慌てで助けあげたらしい。

「どんな具合だ？」

龍安は通油町の自身番に飛び込むなり、詰めている番人らに声をかけた。

「赤ん坊は……」

親方といわれている書役《かきやく》が龍安を見て、弱々しく首を振った。

龍安は雪駄を跳ね飛ばすようにしてあがりこむと、寝かせてある女の顔を見た。子供の顔には手拭いをかけてあった。

たきではなかったが、同じぐらいの若い女房だった。顔は蠟《ろう》のように白くなっているが、まだ息がある。龍安は死んだ子供は手当てできないので、女の手を取った。氷のように冷たい。呼吸もか弱い。

「湯を沸かせ。それからかけるものがないか。体をあたためるのが先だ」

龍安の指図で番人たちが動いた。

すぐに掛け布団がかけられ、湯が沸かされた。女の体は冷え切っており、髪もずぶ濡れだった。

「先生……」

ふいの声をかけたのは精蔵だった。三和土に立ったまま帯をほどき、着物を脱ぎはじめている。みんな驚いて精蔵を見た。そばにいる久太郎が、

「何をするんです？」

と精蔵に声をかけた。精蔵は無言のまま居間にあがると、

「先生、わたしがあたためます」

といった。

龍安は意図することがわかったので、うむとうなずいた。精蔵は上半身裸の、下帯一枚になって女の布団にもぐり込むと、そのまま抱きついた。自身番の者たちはみんな目をまるくしていた。

「こうやって凍えたものを助けたことがあるんです」

精蔵は女に抱きついたまま、体のあちこちをなでさすっていた。龍安も女の手をつかんで、腕をこすっていた。

久太郎もやっている意味がわかったらしく、女の足をあたためようと、自分の手を使ってこすりはじめた。

しばらくして湯桶がそばに持ってこられた。龍安は熱い湯に手拭いをつけ、女の首の後ろをあたためるようにした。

「精蔵、背中と腰のあたりをさすれ」

龍安がいうと、精蔵は女の背中と腰をさすりはじめた。体をあたためるツボがそこにあるのだ。しかし、女の呼吸は弱るばかりで、いくら呼びかけても意識の戻る様子

はなかった。脈も弱くなっている。

（いかん。これは助からぬかもしれぬ）

龍安の胸に絶望感が広がった。それでも見捨てるわけにはいかないので、女の体温を戻す作業をつづけた。

精蔵も久太郎も一丸《いちがん》となって、女を助けるために必死になっていた。

その間に、女の身許を調べた番人たちが、亭主を呼びにやっているとか、住まいはどこの長屋だとか、死んだ子供はまだ一歳になったばかりの男の子だなどと話していた。

「お糸《いと》！」

腰高障子を勢いよく開けて飛び込んできた男がいた。

「亭主か？」

龍安が聞くと、そうですといって這うようにしてそばにやってきた。それから精蔵に気づいて目を剝《む》いた。

「この野郎、なにしてやがんだ！」

いきなり、布団をめくったので、裸でお糸という女房に抱きついている精蔵の姿があらわになった。精蔵は下帯一枚で、これまたほとんど裸のお糸に抱きつき、互いの太股をからめるようにしていた。

「下がっておれ」

龍安が亭主をさげて、布団をかけなおした。

「女房の体温を上げるためにやっているんだ。そうしないと女房は助からぬ。いやだったら、おまえが精蔵と代われ」

「精蔵……」

「この男がそうだ。精蔵、これが亭主のようだ。代わるか」

「そうしたほうがいいでしょう」

「名はなんという?」

龍安は亭主を見た。

「辰吉《たつきち》です」

辰吉は酒臭い息をして答えた。顔も赤い。

「女房を助けたかったら代わるんだ」

「新吉《しんきち》は……」

辰吉はおろおろした顔で、手拭いを顔に被せてある子供を見た。

「子供は川から揚げられたときには、もう虫の息だった」

書役が答えた。

「新吉……」

辰吉はそうつぶやくなり、新吉にしがみついて泣きはじめた。

「……先生」

精蔵が龍安を見てきた。

「息をしなくなりました」

龍安はお糸の脈を取った。

冷たい手は何も反応しなかった。口と鼻に顔を寄せたが、呼吸が途絶えていた。龍安は憐憫《れんびん》のこもった目をお糸に向け、うすく開いている目を閉じてやった。

「辰吉……間に合わなかった」

泣いていた辰吉が顔をあげて龍安を見、それからお糸に目を向けた。

酔いのすっかり醒《さ》めた顔で、女房を見た辰吉は、呆然《ぼうぜん》と座り込み、しばらくうつむいていた。それから突然、

「おれが悪かったんだ。おれがだらしねえばっかりに……許してくれ、堪忍してくれ、お糸、新吉……」

そんなことを口走りながら、おいおいと泣きはじめた。

噂を聞きつけた辰吉の長屋の者や、仕事仲間が駆けつけてきたのは、それからしばらくしてからだった。書役は辰吉から話を聞いて口書きを取り、死んだ女房と子供を自宅長屋に引き取らせた。

「博奕《ばくち》と酒を飲む亭主に愛想を尽かしたんでしょうかね」

自宅に帰りながら久太郎がつぶやいた。

辰吉は口書きを取る自身番の書役に、後悔したように自分の非を話していた。女房のお糸に、博奕をやめてくれ、酒はほどほどにしてくれと、たびたびいわれていたそうだ。

「毎月の金も満足にわたしていなかったのだろう」

肩を並べて歩く精蔵がつぶやく。

雨はやんでおり、暗い夜道にはかすかな月あかりがあり、水溜まりが弱々しい月光を受けていた。

「貧困が何もかも奪ってしまう。なんの罪もない子供の命さえ……」

龍安は薄雲に隠された月をあおいだ。

「辰吉って亭主は川人足だといっていましたが、真面目にははたらいてなかったのかな……」

久太郎がつぶやく。

「女房に不自由させていたのは、いまにはじまったことではないかもしれぬが、人足殺しの雨がつづいていなかったら、こんな不幸はなかったかもしれぬ」

精蔵が応じた。

人足殺しとは、力仕事を請け負う人足たちにとって、仕事の邪魔になる雨のことをいう。

河岸場ではたらく辰吉の仕事が少なくなっていたのはたしかだろう。長雨のおかげで仕事を休む漁師は少なくない。

諸国から物資を江戸に運んでくる船の数もぐっと減っている。自ずと、河岸場の仕事量は減る。そうやって、人足たちの需要も減るという構図が出来上がる。

「天気のせいもあろうが、辰吉のいたらなさもあるだろう」

龍安はそういってつづけた。

「だが、それだけではない。貧乏を強いている幕府にもその責はあるはずだ。富める町人もいるが、多くは貧しい暮らしに耐えつづけている。武士とて汲々《きゅうきゅう》とした暮らしをしている者が少なくない。その一方で奢侈《しゃし》な暮らしをしている者がいる」

精蔵と久太郎は、ほぼ同時に龍安を見た。

「貧乏人と金持ちの開きはありすぎるが、まわりを見れば貧乏人だらけだ。そんな国がいいとは決していえない。何かが変わらなければならない。何を変えなければならないか、わかっている者もいるはずだ。そういう者たちが、これからあらわれてくるだろうし、出てこなければならない」

「先生、わたしもまったくそのとおりだと思います。だからといって、わたしにできることはありませんが……」

精蔵は思い詰めた顔で歩く。

「いや、そう思うことだけでもよいことだ。なにも思わないよりはいい。貧しい者たちはそこから抜けだす方途がわからないのだ。幕府がその道を見つけてやる苦労を少しでもしてくれれば、貧しきまま生きつづける悲惨さも少なくなるのだろうが……」

「先生、人にはできることとできないことがあります。おいらには大それたことはできませんが、おいらは先生のように貧乏人の味方をして生きたいと思います」

龍安はそういう久太郎を振り返って、

「おまえもいうようになったな」

と、微笑んだ。

「伊達《だて》に先生の家で飯食ってるわけじゃないですから」

「これは、久太郎に一本取られた按配だ」

龍安がからからと笑うと、それまで落ち込んだ顔をしていた精蔵と久太郎も明るい笑みを見せた。

「精蔵、それにしてもさっきはよくやった。あのような機転はなかなか利かぬものだ」

龍安が真顔になって精蔵を褒めると、

「そうです。おいらも精蔵さんにはびっくりしましたが、なるほどと感心しましたよ」

と、久太郎も精蔵を持ちあげる。

「おいおい、おだてるんじゃないよ」

照れる精蔵に、龍安はまた笑みを浮かべた。

二

「いつの間にか雨がやんでおるわい」

脇坂権十郎は障子窓を開けて、盃を口に運んでいた古山勘助を振り返った。

「……こう毎日雨では心が腐ってしまう」

「まったくだ」

脇坂はもとの席に戻って腰をおろした。開けた窓から雨あがりの湿った風が流れ込んできて、燭台の炎を揺らした。

二人は深川北森下町にある土岐家の抱屋敷で、用人の藤岡金右衛門を待っているのだった。五間堀に架かる伊予橋のすぐそばだった。土岐家の本屋敷は番町にあり、二人のいる抱屋敷は寮（別荘）の体をなしていた。

「それにしても遅いな」

古山は酒を飲みほして盃を高足膳に置いた。

用人の藤岡金右衛門の使いに、大事な話があるので抱屋敷で待っていろという指図を受けていた。ひょっとすると、自分たちが刺客に立てた川端孫兵衛のことが気に入られなかったのではないかと危惧《きぐ》していた。もし、そうであれば、またその代わりを探さなければならない。

「なんの話だと思う？」

脇坂も気になっているらしく、古山に顔を向ける。

「うむ。孫兵衛のことではないだろうか……。他には考えられぬ」

「では、藤岡さんの眼鏡に適《かな》わなかったというのだろうか。用心深いお方だから、ひょっとすると孫兵衛の腕をたしかめられたのかもしれぬ」

脇坂は盃を口に運びながら、古山を眺めた。

「孫兵衛の代わりを探すのは面倒であるぞ。なかなかあのような浪人は、探せるものではない」

「そんなことはない。江戸には在から流れ込んでいる、得体の知れない浪人が腐るほどいるんだ。代わりはいくらでもいる」

「そうであろうか……。空威張《からいば》りをしているだけで、からきし腕のない者が多いのは、脇坂とてわかっているだろうに」

「それはそうであるが、その気になれば探せるだろう」

「だが、孫兵衛ほどこの役目に適する者はなかなかいないぞ。やつには親類縁者もない。武士に憧れて百姓をやめた男だ。付き合いも少ない。その代わり、なかなかの腕を持つ」

「たしかに、やつが突然消えたとしても、不審がる者は少ないだろう。塩物屋に出ている女房も人付き合いは下手で、知り合いが少ないようだしな」

「不憫《ふびん》なのは残される女房と子供だけだろうが、それはいまと変わらぬはずだ。孫兵衛には稼ぎの口がないのだからな」

そのとき廊下に足音がして、女中が障子の向こうから声をかけてきた。

「藤岡様がお見えになりました」

古山と脇坂は崩していた足をなおして、正座をした。襟を二本の指でただす。エヘンと、脇坂が空咳をすると、新たな足音が近づいてきて、がらりと障子が開けられた。

「待たせたかな」

藤岡金右衛門はそういってから、女中に下がってよいといいつけた。

「とんだことが起きてしまった。聞いてはおらぬか？」

藤岡は腰をおろしてから、古山と脇坂を交互に見た。

「なんでございましょう？」

「田原と井元が殺されたのだ」

えっと、古山と脇坂は同時に驚きの声を漏らした。

「いつのことでございます」

「今日だ。昼過ぎに斬り殺された二人の死体が見つかった。御竹蔵近くの路上であった。斬り合いを見た者もいなければ、二人を斬った曲者を見た者もいない」

古山は脇坂と顔を見合わせた。

藤岡は小さなため息をついて、禿げた頭にちょこなんと結っている髷をさわった。

「まさか……」

古山はその先をいわなかったが、脇坂も藤岡もおそらく岡野伊右衛門の顔と名を、頭に浮かべたにちがいない。

「わしもそうではないかとにらんでいる」

藤岡の目に針のような光が宿った。両目尻には無数のしわがあった。

「何かそのようなことが……」

古山は真正面から藤岡を見た。

「うむ。あの二人が斬られる前に、妙なことを口にしていたらしいのだ。それは本所にある法恩寺の近くでのことだ。そこで菊島龍安という医者に会っている」

「医者に……。医者がどうかしたのでありましょうか?」

「田原と井元はここしばらく本所深川を歩いて、岡野伊右衛門と佐和の居所を探っていた。田原がその医者に不審を抱いたのは、医者の住まいが横山同朋町だったからだ。近所に病人がいて往診に来たと、龍安という医者はいったそうだが、横山同朋町と法恩寺……決して近くではない。あのあたりに住む者が、わざわざ遠方から医者を呼ぶだろうかといったそうなのだ」

「たしかに、医者なら近所にもいましょう」

「しかし、その病人と龍安という医者が古い間柄ということもあります」

脇坂だった。

「そうかもしれぬ。それに、田原と井元が引っかかりを覚えただけかもしれぬ」

藤岡はそういってから、ここには茶はないのかといって、女中を呼ぶために手を打ち鳴らした。すぐに女中がやって来たので、藤岡は用をいいつけた。

「もしもということがある。明日にでも、菊島龍安という医者を探ってくれるか」

「承知いたしました」

古山が応じれば、脇坂は軽く頭をさげた。

「川端孫兵衛であるが、あの者の腕はたしかなようだ。先夜、皮肉にも田原と井元に腕を試させたばかりだった。そのあとすぐに、あの二人が殺されるとは思いもいたさぬこと。二人の死を知ったとき、よもや孫兵衛の仕業《しわざ》ではないかと疑ったが、それは見当違いだった」

「孫兵衛のことをお調べになったのですね」

古山は藤岡をまっすぐ見ていう。

「田原と井元が殺されたと聞いて、すぐに調べを入れた。孫兵衛には無理な所業だ」

かりはまったくない」

「町奉行所から目付に移ったところだ。だが、調べは進まないだろう。下手人の手掛かりはまったくない」

「ふむ、困りましたね。それにしても田原と井元が……」

脇坂は太い眉を動かしてうめくような声を漏らした。

そのとき、女中が三人分の茶を運んできて下がった。

「とにかく田原と井元がいなくなった。岡野伊右衛門と佐和探しは、おぬしら二人が頼りだ。ひょっとすると御竹蔵のそばに、岡野と佐和が隠れ住んでいるやもしれぬ。そのことも頭に入れて、動いてくれるか」

藤岡はずるっと音を立てて茶を飲んだ。

「承知しました。明日はその菊島龍安なる医者のことも探ってみましょう」

「頼むぞ」

三

龍安の日常は変わることがなかった。

午前中、通い療治にくる者たちを診て処方をし、適切な指導をする。午後は往診に出かけ、日が暮れないうちに帰宅をし、その日診た患者たちのことを記録するために日記を書く。夕餉時の晩酌に久太郎を付き合わせるが、それも普段と変わらない。

しかし、このところ佐和と伊右衛門のことが、龍安の頭から離れない。

安次の女房・たきが仕事の手伝いをすることになったが、出納のほうはやめにしていた。たきは算盤を扱えはするが、あまりにも稚拙《ちせつ》であった。これでは自分でやったほうが早いし、また金の出入りを見せるのはどうかと考えなおしたからだ。

しかしながらたきは読み書きはよくできるし、字もきれいだ。龍安の預けた医書を書き写す手際もよい。

「おたき、安次の怪我が治ったら書写の仕事を探してみたらどうだ。おまえさんの仕事っぷりはなかなかのものだ」

龍安が褒めると、たきはほんとうですかと、期待顔になった。

「もっともそんな仕事はめったにないだろうが、気に留めておこう」

「そうしていただけるとありがたいです」

たきは幼子を背中におぶったまま、頭をさげる。

「だが、しばらくは子供から手が離せないだろう。何しろ乳飲み子だ」

「じつは洗濯の手伝いでもしようかと考えていたんです。それでしたらこの子を抱えていても仕事はできますから……」

「あてがあるのか？」

龍安は背中の子をあやすように体を動かすたきを見た。

「長屋の人に聞いてもらっています。そんな店があるかもしれないというので……」

「さようか。都合よく見つかればよいが……。とにかく安次の怪我が治るまでは、しばらくの辛抱であるな」

龍安はそういってから、新しい医書を差しだした。それには付け紙が挟まれていて、たきはその部分を抜き書きすればよかった。

「急がなくてもよい。子や亭主の面倒も見なければならぬのだから、十日ほどで仕上げてくれれば十分だ」

「ご親切ありがとうございます」

「……書き賃はまとめて払おうと思うが、急ぎの金がいるなら、いまわたしておくがいかがする」

「あとで結構です」

そういうたきに、龍安は赤子になにか栄養のあるものを食わせろといって心付けをわたした。

たきが帰っていくと、龍安はしばらく庭に目を転じた。

昨日から天気がよい。空も雨を降らすのに疲れたのか、からっとした好天で、地面も乾きはじめていた。

台所から、おたねとおしゃべりをしている久太郎の声が聞こえていた。何がおかしいのか、二人でころころと笑っている。

「久太郎」

龍安が声をかけると、すぐに久太郎が飛んできた。

「なんでしょう?」

「往診だ。ついてまいれ」

「はい。その前にこれ食べられますか?」

久太郎は蒸《ふ》かした薩摩芋《さつまいも》を差しだしたが、龍安は見向きもしなかった。

「梅雨休みでしょうか? それとも梅雨は終わったんでしょうかねェ」

表に出るなり久太郎が空を見あげていう。

「梅雨の中休みだろう」

龍安はさっさと歩く。

明るい午後の日射しに包まれた町屋は、雨の日とちがって人出が多い。暖簾をあげている商家からも元気な声が聞こえてくる。天秤棒《てんびんぼう》を担いだ棒手振が小走りで駆けてゆき、大八車を引く車力は剥き出しの肩に汗を光らせている。

通油町を過ぎたとき、

(……まただ)

と、龍安は胸の内でつぶやいた。

昨日もそうだったが、誰かに尾行されている気配があった。思い過ごしだろうと思っていたが、二日つづきだと気色が悪い。かといって誰に尾けられているのかわからない。

龍安の行き先は、昨日の往診先とは別の商家である。その店の場所も方角ちがいだ。

「久太郎、岸辺屋《きしべや》についたらおまえは先に帰ってよい」

龍安は薬箱をさげて歩く久太郎に声をかけた。

「他はまわらないんですか?」

「精蔵に聞きたいことがある。またあやつに出かけられたら困る。家で待っているように足止めをしておくんだ」

「へえ……。それで精蔵さんはどこをほっつき歩いてんです。昨日もその前も来ませんでしたが……」

「わたしが用をいいつけているんだ」

龍安は久太郎を振り返りながら、その肩越しに警戒の目を配ったが、不審な影はなかった。

往診に行った岸辺屋は、本町三丁目にある大きな線香問屋だった。主の女房がひどい喘息《ぜんそく》になって困っていた。

龍安はここ半年ほど、投薬をしているが効果がなかった。煎じているのはセンブリに蓬《よもぎ》、それから石榴《ざくろ》の実と甘草《かんぞう》だった。龍安は容態を観察して、その日、麻黄《まおう》を薬に足すことにした。鎮咳と鎮痛の効能があるので、それを飲んでもらって様子を見ることにした。

岸辺屋を出るとそのまま自宅に引き返した。龍安は周囲に神経を配り通りを流すように歩いた。尾行者の気配はなかったが、大伝馬町から堀留町に曲がったときに、

（まただ……）

と、胸の内でつぶやいた。

龍安は見えぬ影の正体をつかむために、わざと人気の少ない道に進んでいったが、相手は用心深くいつしか気配を消していた。

いったい誰がなんのためにと思う矢先に、頭に浮かんでくるのは、佐和と岡野伊右衛門のことだった。先日、御竹蔵のそばで伊右衛門は二人を斬っている。

相手は土岐家の家人だった。しかも龍安と顔を合わせていた男だった。あの二人が他の土岐家の者に、自分のことを話していれば、調べられているのかもしれない。

そう考えてもおかしくはなかった。しかし、龍安の仕業だという証拠はない。また龍安と佐和や伊右衛門とのつながりもわからないはずである。

(探りを入れているだけか……)

そう考えることもできるが、もし、そうであれば自分のことを近所で嗅《か》ぎまわっているかもしれない。

いくつかの疑問を胸に抱いて家に帰ると、精蔵が待っていた。

「わかったか?」

「はい、何もかもというわけではありませんが……」

「奥の座敷で話を聞く」

# 四

「土岐正之様が佐渡奉行にご出世されるには、森川数右衛門という元作事奉行のことを話さなければなりません」

　精蔵から報告を受けていた龍安は、そこで片眉を動かした。精蔵はつづける。

「土岐様のご出世は、作事奉行だった森川数右衛門の不正を糺《ただ》したことにあるそうです。なんでも普請費を奉行とあろう方が誤魔化したといいます。その後の調べで森川数右衛門は無罪だと抗弁されたようですが、結果はお家お取りつぶしです。それで終わればよかったのでしょうが、森川家の者が反乱を起こし土岐様を討とうと襲撃しています。しかしながら警固の者たちが土岐様を守りきり、森川家の者を撃退したそうで……」

　ここまでは龍安も聞いて知っている話だった。

「それで……」

「はい。これは密《ひそ》かにささやかれていることですが、実は森川数右衛門に罪はなく、土岐様の企みだったのではないかという噂があります。たとえそうだったとしても、もう十六年も前のことで、どうにもならぬことですが……」

「それをどこで聞いた？」

「昔、森川家に雇われていた中間がいます。その者の話です。まあ、自分が仕えていた主人のことですから、悪くはいいたくないんでしょう」

「さもありなん」

「ところが、土岐家と森川家は因縁の間柄なのです」

龍安は湯呑みを口許で止めた。

「因縁とは？」

「なんでも先々代のころ、土岐家の次男が森川家の長女と養子縁組をしていますので、遠縁の間柄になります」

精蔵は喉が渇いたのか、茶に口をつけてつづけた。

「そのとき婿養子に入った土岐家の次男と、森川家の長女には三人の子が出来ます。一子が男で二子と三子は女だったのですが、二人の娘は幼くして死に、その父親も間もなくみまかられたそうで、家督を長男が継ぎます。この人は勘右衛門《かんえもん》と申します。そしてこのころ、土岐家はなにやら大きな物入りがあったそうで、森川家に借金を申し入れますが、勘右衛門は断ります。土岐家はそのことに気を悪くし、森川家と疎遠になったそうで……。一方の森川勘右衛門は才覚に恵まれた人物で、出世をなされ、土岐家をしのぐ家柄となります。借金のこともあったようですが、土岐家は森川家の隆盛を妬《ねた》みはじめ……」

精蔵の話はつづいたが、要するに森川家に請われて養子を出した土岐家は、借金を断られたことに端を発し、仲が悪くなったということである。

しかし、精蔵はもっと深い因縁話を聞いてきていた。土岐正之の跡を継ぐのは、幼くして養子に来た三河松平家の血を引く河合千之助《かわいせんのすけ》であるが、正之には定之《さだゆき》という長男がいた。

「この長男は七歳のときに、川に落ちて死んでいますが、やってきた馬に驚いてのことだったそうなのです。その馬に乗っていたのが、森川数右衛門の長男・倫太郎だったといいます。しかしながら倫太郎は父・数右衛門の遺恨を晴らそうとして、土岐正之様を討ちにいって果てられています。まことに因縁深い話です」

話に一区切りつけた精蔵は、ぬるくなった茶に口をつけた。

龍安はしばらく風に揺れる庭の青葉を眺めていた。

世継ぎであった長男・定之を森川家の長男・倫太郎に殺された——と考えたのかもしれない。

すると、森川家をつぶすために土岐正之が工作をして、追い落としたということなのか。むろん、これは龍安の勝手な推量であって、まったく穿《うが》った考えかもしれない。

「土岐正之様のお人柄ですが……」

精蔵が口を開いて「先生、なにか……」と、怪訝そうな顔をした。

「いや、なんでもない。つづけてくれ」

「土岐正之様はまことに謹厳実直な方だという評判です。それだけに佐渡奉行時代には物堅い仕事をされたと聞きます。一方で偏屈なところがあり、我が強く、まわりの言葉には耳を貸さずに、こうと決めたことはやり遂げてきた方だという話です。それだけ、配下の者には厳しくされているとか……」

「家中にはいかほどの家来がいる？　それはわからないか？」

「詳しいところまではわかりませんが、女中や中間などを入れると二十四、五人はいるのではないかと、そんな話です」

「……そうか。いや、よく調べてくれた」

「しかし、土岐家のことをなぜ気にされるんです。とくにひどい病人がいるようなことは聞いていませんが……」

精蔵は龍安を見ながら首をひねった。

「知り合いがいてな。それで気になっていただけだ。しかし、このことまさか土岐家に嗅ぎつけられたりはしていないだろうな」

龍安は謎の尾行者がいるのは、ひょっとすると精蔵があやしまれているのではないかと、頭の隅でちらりと考えた。

「ご心配いりません。これでも結構気を配りながら調べてきましたので……」

「うむ、とにかくご苦労だった」

龍安が寝間に使っている奥座敷を、精蔵が出てゆくと、急に日が翳り、部屋の中が暗くなった。

## 五

「きさま、ちゃんと探しているのだろうな」

咎め口調で脇坂権十郎は、川端孫兵衛をにらむように見据えた。

「疑っておられるのですか？」

孫兵衛も強くにらみ返した。

心外であると、腹の内で吐き捨てて言葉を足した。

「ご命じになったことはちゃんとやっております。今日も、昨日も御竹蔵界隈に目を光らせていたのです。少し離れた武家地も、町屋も朝から晩まで歩いております」

「ただ考えなしに歩くのでは能がないというものだ」

「では、どうしろと……」

孫兵衛はゆっくりした所作で茶を飲む脇坂を、にらむように見た。

「脇坂、まあそう厳しいことをいうことはないだろう。孫兵衛も自分なりにやっておるのだ。それに、田原と井元を殺した下手人が岡野伊右衛門だという証拠もない」

孫兵衛は古山の言葉に救われた思いで、茶を手にした。

「ま、そうであろう。孫兵衛、言葉が過ぎた。許せ」

脇坂が態度をあらためたので、

「いえ、わたしの探し方が悪いのかもしれませんし、見落としているのかもしれませんん」

と、孫兵衛も殊勝になった。

「孫兵衛、明日から他のことをやってもらう。まあ、わたしらの代わりということではあるが……」

古山だった。

「代わりと申されますと……」

「龍安という医者のことだ。今日まで見張りをつづけていたが、埒《らち》が明かぬ。とはいっても、あの医者は疑わしい。岡野伊右衛門とつながっているかもしれぬ。明日から、その医者を見張ってくれるか」

「わかりました。それで古山さんと脇坂さんは、また御竹蔵のあたりを……」

「いやいや、あのあたりにも注意しなければならぬだろうが、他の土地に探りを入れる」

「殺された田原と井元は法恩寺の近くで、龍安という医者を見かけている。あのあたりを虱潰《しらみつぶ》しにあたるつもりだ」

　脇坂だった。

「それで医者のほうはいつまで見張ればよろしいので……」

「あの医者は法恩寺の近くに患者を持っている。話ではそうだ。その患者が誰であるか突き止めたい。人を使っての探りを考えたが、感づかれたらそれでおしまいだ。根気よく、龍安が動くのを待ちたい」

「まったく手間のかかる仕事である」

嫌気がさしたようにいったのは脇坂だった。ふうと、嘆息して茶を飲み、

「医者を責めてもよいのだがな。さもなくば、あの医者の弟子でもよいのだ。いらぬ手間をかけることはないと思うのだが……。この男、用心深くていかん」

と、古山を茶化すようにいって、短く笑った。

孫兵衛はそういう脇坂の顔をじっと見た。太くて濃い眉は、脇坂の性質そのもののように見えたが、

(そうすればよいのではないか)

と、孫兵衛は腹の中で思った。

古山のやり方に手ぬるさを感じているからかもしれない。

「とにかく明日から、医者の見張りを頼む。だが、決して気取《けど》られるな」

古山が一重の細い目を鋭くしていう。色白の頬で、燭台の火あかりが揺れていた。

「承知しました」

孫兵衛が頭をさげると、

「孫兵衛、たまには一献差し向けあうか」

と、脇坂が酒を誘った。

「そうしたいところですが、今夜のところはご勘弁を」

孫兵衛は断った。

「可愛い女房に早く会いたいか」

ハハハと、脇坂がからかうように笑った。

間もなくして、孫兵衛は土岐家の抱屋敷を出た。

すでにあたりは暗くなっており、空には星と月が浮かんでいた。孫兵衛は足音を忍ばせるようにして五間堀に架かる伊予橋をわたった。

進む道の両脇に居酒屋のあかりが、ぽつんぽつんと浮かんでいる。その前を通りすぎるとき、楽しそうな笑い声が聞こえてきた。

（いい気なものだ）

楽しく酒を飲む者たちが妬ましかった。かといっていまの孫兵衛は、酒を飲む気分ではなかった。なんとしてでも土岐家に抱え入れられたい。それには依頼を受けている仕事をきっちりやり遂げることである。

もし、抱え入れられなくても都合百両が手に入るのだ。

（欲をかいたらいかぬかな……）

と思いもする。

しかし、番町の土岐家の屋敷を見て心が躍ったのはたしかだ。いったい土岐のお殿様は、どんなお屋敷に住んでおられるのだろうか、という好奇心を抑えることができず、雨の夜にたしかめに行った。

屋敷は一番町にあった。鍋割坂の近くである。近隣の屋敷も広大であったが、土岐家の屋敷も引けを取らない大きさであったし、門構えの偉容さには心をうちふるわせた。それだけ立派な屋敷であった。

(こんな屋敷の殿様に仕えたい)

それが昔からの孫兵衛の夢だった。幕臣になれない身分だというのはわかっているから、それが孫兵衛にとっては最大の出世といえた。

それゆえに、此度の話は願ってもない、それこそ棚から牡丹餅《ぼたもち》が落ちてきたような幸運であった。おそらく人生に、こんな機会は二度とないだろうと思ってもいる。

(手柄を立てなければ……)

孫兵衛の頭にはそのことがいつもある。

新大橋をわたり、浜町堀沿いに歩き、長谷川町の自宅長屋に足を向ける孫兵衛の頭に、ふと龍安という医者の家を見ておこうという思いが浮かんだ。

いつもなら高砂町の町屋を抜けて近道をするところだが、そのまま堀沿いの道を進み、千鳥橋をわたって横山同朋町に向かった。

龍安の家は詳しく聞いていたのですぐにわかった。表道から脇に入った場所であるが、一軒家であった。木戸門を入ったすぐ先に玄関がある。戸の隙間から薄いあかりが漏れているので、家人はいるようだ。弟子が二人いると聞いたが、通いだろうか、それとも住み込みだろうかと考えた。通いだとしても女中や下僕が住んでいるかもしれない。

庭に目を向けると、月あかりと星あかりに浮かんでいる紫陽花が見えた。庭の手入れはあまりされていないようだが、質素な佇《たたず》まいである。

（ふむ、明日からどうやって見張ってくれよう）

孫兵衛は顎を撫でながらあたりに目を凝らした。

隠れるような場所はすぐには見つからなかった。明日の朝来るのだからそのときに、いい知恵が浮かぶはずだときびすを返す。

月あかりをてらてらとはね返す浜町堀を眺めながら、千鳥橋をわたってすぐのことだった。

左手の道からやってきた二人の侍が、急ぎ足で近づいてきたと思ったら、

「いざッ」

と、小さな声をかけて、いきなり斬りつけてきた。

とっさのことに肝を冷やしたが、孫兵衛はかろうじて相手の刀をかわすと、刀の柄

に手をやった。

六

「なにやつ」

孫兵衛は目を光らせて、二人の侍をにらんだ。二人とも総身に殺気をまとっていた。袴姿だが、羽織は着ていなかった。浪人のようだ。

相手は問いかけには応じず、ずいずいと間合いを詰めてくる。孫兵衛は腰を沈めて、相手の出方を待った。まだ刀の柄に手をかけているだけで、抜いてはいない。

「腕を試しに来たのなら無用だ」

孫兵衛は先日の一件があるから、またもやそうではないかと思った。しかし、緊張のために、声は喉に張りついていた。

「容赦せぬぞ」

不気味に接近してくる曲者二人の刃圏を嫌うように、じりっと下がった。通りに人影はない。

右の男が足を踏み込むなり袈裟懸けに斬りに来た。

孫兵衛は刀を鞘走らせるなり、その一撃をはねあげた。耳朶をたたく金音がして、火花が散った。

孫兵衛は右に飛んで、青眼に構えると、送り足を使って二人に接近した。

「こやつ……」

右の男がつぶやいた。痩せて背の高い男だ。顔は暗い影となっている。

「できるな」

左の男もつぶやいた。背丈はないが肩幅が広い。

その刹那、孫兵衛は背の高い男に向かって突きを送り込んだ。小手を返すようにはじかれたが、孫兵衛はすかさず刀を横に払うように振った。

「うっ……」

男がうめいた。

孫兵衛の刀が肩を斬ったのだ。しかし、浅傷《あさで》だろう。あまり手応えはなかった。

右にまわりこんでいた肩幅の広い男が、横面に撃ち込んできた。孫兵衛は体を開いてかわしたが、相手は下からすくいあげるように刀を振ってきた。空を切っていた。

だが、相手は休まなかった。孫兵衛が反撃に転じようとする前に、小手を斬りにくる。かわされると、突きを送り込んでくる。さらに間合いを詰めて、右八相から袈裟懸けに額を割らんばかりの勢いで、刀を振ってきた。

孫兵衛はかわすことに必死だったが、相手の体勢がわずかに崩れた隙を見逃さず、左足で地を蹴るなり、胴を抜きにいった。手応えはなかった。

「喧嘩だ！　斬り合いだぞ！」

近くでそんな声がした。

すると、あちこちの戸障子の開く音がして、暗かった道にあわい光の帯ができた。人影も増えた。

「いかん、退《ひ》けッ」

背の高い男が、連れに声をかけて先に逃げた。

孫兵衛と対峙していた肩幅の広い男は、一瞬躊躇《ためら》いを見せたあとで、仲間のあとを追って駆けていった。

見送った孫兵衛は近づいてくる町の者たちを見た。

「怪我はありませんか？」

「どうしたんです？」

などと、口々に声をかけてくる。

孫兵衛は関わり合いにならないほうがいいと思い、

「なんでもない」

といって、刀を鞘に戻すと、その場から逃げるように自宅に足を向けた。

早足で歩くうちに緊張がほどけたのか、急に胸の鼓動が高鳴った。額に浮かんでいる汗を手の甲でぬぐうと、脇の下と背中にも汗をかいていることに気づいた。

家に戻りながらさっきの男たちは何者だったのだと考える。すでに土岐家の用人に腕試しはされている。改めて同じことをするとは思えない。

すると、あの男たちは土岐家の抱屋敷から尾けてきたのか。もし、そうであるならば、岡野伊右衛門の使者だと考えることもできるが、江戸には在から流れてくる浪人たちもいる。そんな輩《やから》による辻強盗は頻発している。

「そうかもしれん……」

孫兵衛は思わずつぶやきを漏らし、

「それにしてもいやな世の中だ」

と、言葉を継ぎ、「やれやれ」と首を振った。

「ただいま戻った」

家に入るなり声をかけた。

「遅かったですわね」

おみつが足洗の桶を持ってきて置いた。

「いろいろ忙しいのだ。あれこれと頼りにされてな」

「よほど見込まれたのですね」

「うむ」

孫兵衛は足を洗って居間にあがった。胸の動悸がようやく収まっていた。

「お仕事はうまくいっているのですね」

「そうだな」

孫兵衛は曖昧に応じた。おみつはこのごろ言葉数が多かった。孫兵衛に期待しているせいかもしれないし、思いがけない大金をもらったせいかもしれない。

「お酒つけますか？」

普段にはない気配りも見せる。

「少し飲もうか」

孫兵衛は台所に立っているおみつの背中を眺めた。いつも暗く落ち込んだように覇気のない女だが、今夜の妻の後ろ姿には元気が感じられる。猫背もなおり、ぴんと背筋が伸びている。

膳拵えが調うと、孫兵衛は手酌で酒を飲んだ。

その間、おみつはせっせと夕餉の支度をする。孫兵衛は烏賊《いか》の塩辛を肴にして、ゆっくり酒を飲んだ。

幼いふさは、さっきからお手玉遊びに夢中になっている。

「店はどうだ?」

「はい、相も変わらずの繁盛です」

振り返って答えたおみつの口許に、笑みが浮かんでいた。

「よいことだ」

「あなたも忙しくなって、それはよいことです」

おみつはひょいと首をすくめて背を向け、

「それに……」

と、なにかをいいかけた。

「……それになんだ?」

孫兵衛は盃を宙に浮かしたまま訊ねた。おみつがゆっくり振り返った。

「あなたの夢がかなうと思えば嬉しいではありませんか。大変な出世をなさるのです」

「……まだ、そうと決まったわけではない」

「いいえ、きっとかないます」

「そう思うか？　しかし、それはおれ次第だ。土岐様に抱え入れてもらえなければ、またもとの暮らしに戻るだけだ」

「いいえ、もうもとの暮らしには戻りません」

おみつにしては、きっぱりしたものいいだった。

「どういうことだ」

「もし、あなたが抱え入れられなかったとしても、わたしには考えがあります」

「なんだ？」

「元手があるんですから、お店が出せます」

「………」

「……いけませんか？」

おみつは急に心許ない顔をした。

「いや、よい。そのときは、おれは刀を捨てる」

おみつは、はっとした顔になった。

「ほんとうでございますか？」

「……その覚悟で、いまの仕事を受けている」

孫兵衛はくいっと酒を飲みほし、

（ほんとうだ）

と、胸の内でつぶやいた。

七

またも雨降りである。

屋根をたたく雨音で目を覚ました龍安は、朝からうんざりしていた。こういうことだったら、早く暑い夏がこないかと思う。

朝餉の膳でも、久太郎が同じようなことを口にした。

「ほとほと雨には嫌気がさします。おたねさんはすぐに黴《かび》が生えるから、梅雨が終わらないかとぼやいてばかりだし……」

龍安は、まったくだと答えた。

午前中は通い療治にくる患者を待ったが、雨のせいでその数は少なかった。

暇を持てあます龍安は、庭に降りしきる雨をぼんやり眺めながら、昨夜考えたことを反芻《はんすう》していた。

（やはり、岡野さんに話をしなければならない）

気持ちは固まっていた。

昼餉をすますと、久太郎と精蔵に留守を頼んで家を出た。そのおり、精蔵が怪訝な顔を向けて、

「先生、刀を……」

といった。

「今日は往診ではない。たまには差して出かけなければ、刀も泣くからな」

龍安は冗談ぽくいって雨中に出た。

雨は強い降りではないが、空を黒くおおっている雲を見れば、また数日はやまないだろうとあきらめ気分になる。水溜まりを避けながら閑散とした通りを歩く。

餌をくわえた燕たちが飛び交っていた。

商家や長屋の軒下に燕たちが巣を作っている。

その巣には生まれたばかりの子燕たちがいた。蛇に呑まれて短い一生を終わる子燕もいるし、卵のときに蛇の餌食《えじき》になることもある。

そのために、各家は蛇除《へびよ》けの工夫に苦労をする。刻み煙草を巣の近くに置いたり、蛇が柱や軒を伝えないように板打ちをするのだ。

燕は縁起のいい鳥で、巣をかける家は栄えるとか運が向くといわれていた。いい伝えやことわざを信じやすい江戸の者は、殊《こと》の外燕を大事にした。

今日も尾行者がいるかもしれないと思って、大小を差してきた龍安だが、その気配はなかった。

やはり、あれは思い過ごしだったのかと、胸をなで下ろしたが、そうではなかった。大橋をわたり終え、東両国の雑踏を抜けたときに、背後に人の目を感じた。

そのまま人通りの少ない回向院の脇道に出たが、尾行者はたしかにいた。傘をさしているので顔は見えないが、侍である。

先日までの尾行者とちがって、人を尾けることに慣れていないのか、それとも自分を侮っているのかと、龍安は思った。

足を急がせて様子を見ることにした。背後の気配が薄れた。半町先に辻がある。その辻を急ぎ足で右に折れた。本所松坂町の町屋である。片側町で通りの東側は、旗本屋敷の練塀がつづいている。

龍安は茶店の葦簀の陰に、さっと身を隠した。

ほどなくして傘をさした尾行者があらわれたが、その横顔に戸惑いが窺えた。龍安は葦簀の陰からその男の顔をじっと見た。

頬肉が少なく、どことい って特徴のない目立たない顔立ちだ。年のころ、おそらく二十五、六といったところだろう。

龍安はあとを尾けて、声をかけようか、それともこのままやり過ごそうか迷った。だが、すぐに決めた。声をかければ面倒になりそうだし、佐和の家までまたついてこられたら困る。そのまま尾行者が去っていくのを見送った。


孫兵衛は周囲に注意の目を向けつづけたが、本所相生《あいおい》町の四つ辻まで来て、後戻りをした。何度も舌打ちをして、自分のお粗末な尾行を後悔した。

(いったいどこへ行ったんだ)

視線をあちこちに飛ばすが、龍安の姿はすっかり見えない。

気づかれたのか、それともどこかの路地に入ったのか……。

孫兵衛は尾けてきたときの記憶を手繰《たぐ》りよせながら、龍安が回向院の道から本所松坂町に曲がってすぐそばにある商家や茶店、そして裏店《うらだな》につづく路地をくまなく探していった。しかし、それは徒労でしかなく、二度と龍安の姿を見ることはなかった。

傘をさしたままぬかるむ雨道に佇み、進退窮まった。

人の通りは少ない。傘をさしてゆく侍が数人、商家の奉公人が数人、そして簑笠をまとった行商の男がひとり。

茶店の縁台はしまわれ、暗い店内にいる客も少なかった。

まだ昼を過ぎたばかりで、ここで龍安を見失ったことが悔やまれる。しかし、追跡の手掛かりはあると、心を鼓した。

龍安は法恩寺の近くで見かけられている。そして、その近くに龍安の診ている患者がいるようなことを聞いている。

（ひょっとすると、そっちか……）

孫兵衛は行ってみようと思った。何もしないよりましである。

歩きながら、ふと思った。龍安は医者でありながら刀を差していた。それは別段めずらしいことではない。気になるのは薬箱をさげていないことだ。弟子が二人いると聞いているが、連れていなかった。

（すると、往診ではないのか……）

尾行にしくじったばかりなので、孫兵衛は頭を悩ませながらあれこれ考えた。医者は必ずしも薬箱をさげて往診するわけではない。重い薬箱が邪魔で、懐に薬を入れて往診するときもあるはずだ。実際そんな医者を見たことがある。

（やはり、法恩寺だ）

孫兵衛は雨道を辿りながらも、自分の尾行の甘さをしきりに悔いていた。その一方で、龍安が自分の尾行に気づかずに、どこかの長屋に飛び込んだのならそれはしかたがないと思いもする。急に早歩きになったのも、この雨のせいかもしれないと、自分を慰めるように気休めの考えをしたが、それでもしくじったという思いが強い。

気づいたときには法恩寺橋のそばまで来ていた。南北に横たわる大横川の水面は、雨に打たれながら小さな波紋を広げていた。

法恩寺橋をわたってすぐのことだった。

「おい、そこを行くのは……」

という大きな声がかけられた。

孫兵衛は自分ではないと思ってやり過ごしたが、

「おい、待たぬか。孫兵衛であろう」

と、再び声がした。

孫兵衛は足を止めて、声のほうに目を向けた。一軒の茶店の暗がりから出てきた男がいた。男は片手でつまむように持っていた饅頭《まんじゅう》を口に入れて、にやりと笑った。

一瞬にして孫兵衛は表情をかたくした。

# 第五章　闇の足音

## 一

「こんなところで何をしている？」

男は脇坂権十郎だった。

孫兵衛はあたりを落ち着きなく見まわして、

「ちょいとこっちの様子を見に来たんです」

と、誤魔化した。

「見張りはどうした？　ひょっとすると、何かわかったのか？」

脇坂は期待する目になって近寄ってきた。こうやってあらためて向かい合うと、脇坂の大きさに気圧《けお》されそうだった。もっとも孫兵衛には落ち度があるので、そう感じるのかもしれない。

「それが……龍安という医者が家から出ないので……」

「なに」

脇坂の目が険しくなった。

「あの家の使用人に聞いたところ、今日は往診はないといいますから、それで脇坂さんと古山さんの手伝いをしようかと……」

「ふん、感心なことをいうやつだ。ま、よい。茶でも飲もう」

孫兵衛はほっと胸をなで下ろして、脇坂のあとについてゆき、床几《しょうぎ》に腰をおろした。脇坂が勝手に茶を頼んでくれる。

雨のせいで店は暗く、客もいなかった。

「あの菊島龍安という医者だがな」

「はい」

孫兵衛はいかつい顔をしている脇坂を見る。

「あれは、ただの医者ではない。御番所の検死役をしていたことがあるそうだ。いまでも御番所の同心らとつながりがある」

「……そうだったのですか」

孫兵衛は熱い茶に口をつけた。ようやく胸の動悸が収まった。

「それだけではない。あの医者は剣の遣い手だ。牛込の試衛館で免許をおさめている」

「すると、天然理心流……」

「そうだ。並の腕ではないらしい。弟子が二人いるが、ときどき稽古をつけてもいるようだ。まあ、自分のための鍛練かもしれぬが……」

「そうだったのですか。すると、元は侍だったというわけですか？」

「小普請組の御家人だったと聞いている。暮らしがままならぬから、医者をはじめたのだろう。そんな医者は掃いて捨てるほどいる。それにしても評判は悪くない。龍安は貧乏人から薬礼は取らないという。取ったとしても十六文だとか……そば一杯の金だ」

「それじゃ商売が成り立たないのでは……」

「大方裏でなにかやっているのだろう。手伝いの婆さんもいるし、弟子が二人もいるのだ。……胡散《うさん》臭い医者だ」

脇坂は表に目を向けた。

孫兵衛も表を見た。糸を引くような雨が降りつづいている。

「古山さんはどちらに……」

「聞き込みをしている。龍安が往診をしている家を探しているのだ」

「脇坂さんは、ここで茶を飲んでいるだけですか」

孫兵衛は咎めるつもりはなかったが、そう受け取られたらしく、脇坂は眉間にしわを彫って険しい表情になった。

「茶を飲んで暇をつぶしているわけではない。ちゃんとこうやって見張りをしているのだ。岡野伊右衛門か佐和がこのあたりにいるなら、外出もするだろう」

「たしかに、そういうこともありましょう……」

孫兵衛は茶柱の立っている湯呑みを見た。

「龍安の顔はたしかめているのだろうな」

「それはもちろんでございます」

応じた孫兵衛は龍安の顔を思いだした。どっしりした鼻梁《びりょう》に、太い眉。目は涼しげだったが、顎と頬にはうっすらと無精ひげが生えていた。慈姑《くわい》頭《あたま》に筒袖と袴というなりでなければ、その辺の浪人に見えるかもしれない。

しかも、今日は大小を腰に帯びていた。

（天然理心流の免許持ちだったとは……）

孫兵衛は店の暗がりから、表道の先にある町屋を眺めた。南本所出村町である。その東側の法恩寺境内にある、銀杏《いちょう》や欅《けやき》の木が雨にけむっていた。

「おぬし、人を斬ったことはあるか？」

前にも同じことを聞かれた。孫兵衛はどう答えようか迷って、

「まあ、それは……」

と、曖昧に答えた。

脇坂が白々とした目を向けてきて、

「相手は死んだか？」

と、問いを重ねる。店の者に聞こえない低声《こごえ》だった。

「……殺したことはあります」

小さな声でつぶやくと、くわっと脇坂の目が見開かれた。

「今度の相手は女だ。それも若い娘だ」

孫兵衛は遠くに目をやり、それから自分の足許を見つめた。

殺した女がいた。殺したくはなかったが、そうなってしまった。いつも胸の内にわだかまっている思いがせりあがってきて、息苦しくなった。いまさら悔やんでもしかたのないことだが、記憶を消すことはできなかった。

「いざとなったら躊躇《ためら》うことなく斬れ。よいな」

「……はい」

孫兵衛は蚊の鳴くような声で答えた。

そのとき、脇坂の顔がはっとなり、尻を浮かした。

「いかがされました」

「龍安……」

「え……」

孫兵衛は脇坂の視線を追った。

店の前を通りすぎてゆく男の姿があったが、それはちらりと垣間見えただけだった。しかし、そうかもしれないと、孫兵衛は思った。

「やつかもしれぬ」

脇坂は庇の下まで行って、歩き去る男の後ろ姿をじっとにらむように見ていた。孫兵衛も横に立ち、その男を見た。傘をさして歩く男は大小を差している。

孫兵衛は龍安の着物を思いだそうとしたが、そこまで見ていなかった。しかし、似ているような気がする。

「孫兵衛、たしかめる」

脇坂が傘をさして、雨の中に出た。孫兵衛もそれにつづいた。

二

龍安は周囲に神経を配って歩いていた。尾行をまいたあとも、しばらく様子を見ていたし、途中の茶屋で時間もつぶしていた。

そのとき、今日は岡野伊右衛門に会うのはやめようかと思った。そのほうがよいと感じた。しかし、どうしてもたしかめたいことがあり、自制が利かなくなった。

法恩寺橋をわたるまでは何もなかった。しかし、わたってしばらく行ったときに、背後に人の気配を感じた。

振り返りたい衝動を抑え歩きつづけたが、佐和と伊右衛門の住む家には足を向けなかった。法恩寺門前の深川元代地を過ぎる。左は同じ町屋だが、右は武家地だ。佐和と伊右衛門の家は、その町屋の北側にある。

だが、龍安は反対の武家地に入った。

(やはり、尾けてくるか……)

龍安は背中に視線を感じながら歩きつづけた。

もう、閑静な武家地の中だった。塀や剪定《せんてい》された垣根の向こうから松の枝がせり出している。ところどころに水溜まりがあり、雨を降らす暗い空を映している。

武家地を抜けると、柳島村の百姓地となり、雑木林や痩せた畑が広がっている。

（どうしてくれよう）

胸中でつぶやく龍安は、尾行者と対面したときの口実を考えた。また、相手の出方次第で、どう対応しようかと、そのことにも頭をはたらかせる。

とある一軒の屋敷の前で足を止めた。木戸門があり、玄関につづく飛び石が見える。雨戸は閉め切ってある。庭の紫陽花と藤がしっとり雨に濡れていた。

「もし……」

尾けてきた男が声をかけてきた。

龍安はゆっくり振り返り、傘の庇をあげた。

男は二人いた。ひとりは、さっき自分を尾けた男だった。だが、気づかれないように平静をよそおった。

「なにか……」

「そこもと、医者のようだが、何をしておる？」

体の大きな男だ。眉がやけに濃くて太い。

もうひとりはじっと自分を見つめていた。

「何をと申されても、このお宅を訪ねてきただけです。どうやら留守のようです」

適当に誤魔化すつもりだが、はたして通じるかどうかわからない。

「医者なら薬箱を持っておろうに……」

疑わしげな目を向けながら、体の大きな男が近づいてくる。油断のならない目をしているし、もうひとりも気色《けしき》ばんだ目をしていた。

「今日は往診に来たのではありません。久しく会っていないので、訪ねてきたまでです。残念ながら留守のようだ。ごめん」

龍安は軽く頭をさげて、二人の男から離れた。そのまま見送ってくれるかと思ったが、しばらくして背後に動く気配があった。龍安は小さく舌打ちをした。

もうすぐ武家地を抜ける。道の先には雨に濡れた桑畑が広がっていた。

「待て」

桑畑の近くで声をかけられた。

「まだ何か……」

龍安は立ち止まって二人を眺めた。

「そこもと、さっきの屋敷を訪ねていったと言ったが、相手の名は？」

聞くのはやはり体の大きなほうだ。

「なぜそのようなことを聞かれます？」

「人を探している。そこもとは医者だというが、どうにもあやしい」

「はて、これは異なことを。見ず知らずの人にそんなことをいわれる筋合いはない」

「会おうと思っていた者の名はなんだ？」

男は強い眼光でにらんでくる。

「斉藤《さいとう》様です」

出鱈目《でたらめ》である。どこにでもありそうだから、そういったまでだった。

「斉藤、なんという？」

「その前におてまえの名をお聞かせ願えませんか。それが筋というものでしょう」

男は顔をしかめたが、重そうに口を開いた。

「それがしは脇坂権十郎、これにいるのは川端孫兵衛。さあ、名乗った。そこもとが訪ねていった斉藤という者の名を教えろ」

「……長右衛門《ちょうえもん》様です」

脇坂権十郎のこめかみがぴくりと動いた。もし、脇坂があの屋敷のことを知っていれば、嘘は見抜かれた。龍安は腹に力を入れ、あたりに目を配った。人気はまったくない。

脇坂はしばらく探るような目を向けてきたが、

「無礼をした」

といった。

龍安は脇坂と川端を一瞥《いちべつ》して背を向けた。

と、その瞬間、傘が宙に舞う気配と同時に、鞘走る音を聞いた。龍安は一間、二間と前に飛び、傘を横に倒して身構えた。

脇坂の大きな体が黒い塊《かたまり》となって飛んできた。その手には雨粒を張りつかせた刀が光っていた。

龍安は撃ち込まれてくる刀を、抜き打ちの一刀で上にはねあげて下がった。そのとき、傘は手から離れ地に転がっていた。

龍安は青眼に構えた。斬撃をかわされた脇坂が、間髪を容《い》れず間合いを詰めてくる。背後に控えている川端孫兵衛も八相に構えていた。

「何をする！　不意打ちをかけるとは卑怯であるし、わたしにはおてまえに斬られる覚えはない」

龍安は吐き捨てるようにいったが、脇坂は無言のまま迫って来るなり、袈裟懸けの一刀を撃ち込んできた。

龍安は体を開き、相手の刀に自分の刀をからめるようにして横に払った。

ぽちゃっと、足許で音がした。脇坂が水溜まりに足を突っ込んだのだ。即座に刀が水平に薙《な》ぎ払われた。

龍安は後ろに飛んでかわし、再び青眼の構えになった。

「なるほど、ただの医者ではないとわかった」

脇坂が刀をゆっくり下げた。

「…………」

龍安は脇坂から殺気が消えても気をゆるめなかった。

「なかなかの腕だ。感心いたした。いや、ちょっと遊んだだけだ。許せ」

脇坂はふふふと笑って、口辺に不敵な笑みを浮かべた。

「無礼にもほどがある」

龍安は憤然といって刀を鞘に納めると、地に落ちていた傘を拾いあげた。

三

雨を降らしていた雲が急速な勢いで流れていた。それでも晴れ間ののぞく気配はない。雨はあがったが、庇からしずくが一滴、また一滴という按配で落ちていた。

まだ夕七つ（午後四時）前であるが、もう夕暮れのように町屋はうす暗い。

龍安は本所花町の船宿の二階にいるのだった。目の前を竪川が流れている。船宿はその川が、ちょうど大横川と交叉する北辻橋の近くだった。

小さな船宿で、座敷の四隅に有明行灯が置かれていた。さっきまで客が二人いたが、酒を飲んでから出ていった。雨の日は船宿も暇らしい。

階段に足音があったので、龍安はそっちを見た。一組の若い男女が女中といっしょにあがってきた。龍安と目が合うと、若い男女は視線を外し、

「どうぞそちらの間へ」

と、案内する女中にしたがった。

男女は階段そばの小部屋に入った。

龍安は目の前の膳部に向かって手酌をした。

小部屋の注文を聞いた女中が一階に下りてゆき、しばらくして戻ってきた。それからすぐ、また一階に戻っていった。

静寂が訪れた。

だが、それは長くはつづかず本所入江町の鐘音によって破られた。捨て鐘が突かれ、夕七つを知らせる鐘がどんよりと暗い空にひびいていった。鐘突き場が近いせいか、いつになく音が大きく聞こえた。

(遅いな……)

龍安は階段口を見た。

近所の子供を使いに走らせていた。子供ならさっきの脇坂権十郎と川端孫兵衛にも気づかれないはずだ。しかし、もう半刻はたっている。

龍安は少し心配になった。もし、子供を使いに出したのが、相手に知られたらいまごろ佐和と伊右衛門が……。

(いや、そんなことはない)

と、心中で否定してかぶりを振る。男女のいる小部屋から、女のあやしげな笑い声が漏れてきた。

そのとき階段をあがってくる足音がした。一段一段踏みしめるような用心深い足取りだ。そっちに目を向けていると、岡野伊右衛門が静かに姿をあらわして、軽く頭をさげた。

「一献……」

伊右衛門が前に座ると、龍安は酒を勧めた。

「冷えてきたので少しぐらいなら薬になります」

伊右衛門は「それなら」と断って盃を受けた。

「なにかありましたか？」

伊右衛門は酒に口をつけてから、龍安をまっすぐ見た。

「岡野さんと話したいことがあって、法恩寺のそばまで行ったとき妙な男に会ったのです」

龍安はそう前置きをしてから、川端孫兵衛に尾行されてからの経緯を、かいつまんで話した。伊右衛門は表情を変えずに黙って聞いていた。

「訪ねて行けば、どこかで見張られているかもしれないと思い、ここで待つことにしたのです。呼びだしは迷惑だったかもしれませんが、変わりはありませんか？」

龍安は経緯を話してからそういった。

「とくに変わりはありません。お陰様で佐和様もお元気です」

「それはなによりです」

「なにか話があるんでしょう……」

伊右衛門は盃を置いて聞いた。

「土岐家のことを調べてみました。それで、森川家と因縁浅からぬ仲だということを知りました」

「………」

「土岐家、森川家、もはやどちらに非があるかを問うてもしかたがないと思います。ことは十六年も前のことではありませんか……」

「たしかに……」

伊右衛門は目を伏せて手酌をした。

「それなのに、佐和様の命が狙われている。これはただの殺しにほかならないはず」

「……おそらくそういうことになりましょう」

「身の安全を図られてはいかがです」

「どのように？」

伊右衛門は龍安を見た。

行灯のあかりを受ける伊右衛門の目が赤く染まっていた。

「御番所には知り合いがいます。わたしはかつて御番所に雇われて、検死役を務めていたことがあります」

「それはなりません」

伊右衛門は首を横に振ってつづけた。

「御番所の助を頼むなら、ことが大きくなります。それに佐和様にいらぬ噂が立ちでもしたら困ります」

「しかし、命に関わることではありませんか」

「先生、考えてみてください。御番所のことをご存じなら、無駄なことではありませんか」

「…………」

「御番所の役人はことが起きないと動きません。まして、相手は旗本の娘。御番所の仕事ではありません」

「それはそうでしょうが、少なくともなにかのためにはなるはずです」

「先生、そのようなご心配は無用でございます。佐和様はわたしが守りとおします。それに、その日ももう長くはありません」

龍安は息を止めたように目をみはった。

「どういうことです？」

「佐和様の輿《こし》入れが決まります。おそらく明日か明後日には……。そうなれば、もう何の心配もいりませぬ。それまでの辛抱なのです」

伊右衛門は途中で酒に口をつけていった。

「二、三日のうちにそうなるとしても、穏やかではありません」

龍安の言葉に、伊右衛門はしかめるような顔をした。

「なぜ……」

「さっき話したように、わたしは脇坂という男に、訪ねた家のことを聞かれました。その家の主の名は思いつきで口にしたことです。もし、脇坂があの家にたしかめに行けば、わたしの嘘はすぐにわかります。そうなると、あの者たちはわたしを責めに来る、あるいはあの界隈に佐和様の隠れ家があると見当をつけないでしょうか。あの者たちが虱潰しに探していけば、隠れ家は見つけられます」

伊右衛門は盃を手にしたまま黙り込んだ。

いつしか表に闇が下りていた。すっかり夜の暗さである。町屋の甍《いらか》は闇に溶け込んでいる。

伊右衛門はつらい痛みに耐えるような表情で、黙り込んでいた。

「そうなったらどうします」

再度の問いに、伊右衛門は卒然と顔をあげ、引き結んだ口を開いた。

「戦って佐和様を守りとおすのみです」

「では、あの家を動かれないと……」

「二、三日の辛抱です。人に迷惑はかけられない。先生の気持ちはいたみいりますが、佐和様を守るのはわたしの使命です」

「……」

「あの人を不幸にはさせない」

そういう伊右衛門には、決然とした意思のかたさが窺われた。

（この男は武士だ）

龍安はそう思わずにはいられなかった。

「では、わたしも佐和様も守ることにします。迷惑はかけません」

龍安はさらりといって、片頬にやわらかな笑みを浮かべた。伊右衛門は驚いたように目を見開いたが、突然、膝をすって下がると、

「先生にはなんと礼を申してよいやら……。お力添えのお言葉、かたじけのうございます」

と、その声はかすかに涙声であった。

四

「遅かったではないか」

店に入ると、手持ち無沙汰に酒を飲んでいた脇坂が声をかけてきた。

古山勘助はおもしろくなさそうな顔で、脇坂の前に座った。

「わかったか？」

脇坂がのぞき込むように見てくる。

古山は櫺子《れんじ》格子の向こうに目を向けた。

絹のような雨の条《すじ》が、店のあかりに浮かんでいる。

法恩寺橋から西へ少し行った本所吉田町の居酒屋だった。近所の職人や人足、あるいは浪人のなりをした者たちでにぎわっている。

野卑な笑い声がわき、からかわれた女中の悲鳴が聞かれた。どの客も他人の話などには関心を示さず、自分たちの愚痴話や自慢話に興じていた。

「龍安などという医者を頼っている者はいなかった。聞きそびれた家もあるが、菊島龍安を知っている者はいない」

古山はそういって、その日、足を棒にして訪ねまわった町屋のことを話した。当初の予定より、その範囲を広げていたので、

「そこまで調べたのなら、まちがいはなかろう。いや、おぬしには頭が下がる」

と、脇坂は感心顔をした。

「やつはあやしい。やはり伊右衛門となんらかのつながりがあると思っていい。孫兵衛は見張りをやっているのだろうな」

「それが昼間こっちにやってきたのだ」

「なに……」

古山はさっと顔をあげて脇坂を見た。

「どういうことだ？」

「あの医者が往診をしないとわかったので、こっちに様子を見に来たといった。ところが、その龍安がこの近くにあらわれたのだ」

「なんだと」

古山はつかみかけた盃を、盆に戻した。

脇坂は龍安を見かけて、そのあとを尾け、腕を試すまでの経緯を話した。

「なかなかの腕だ。医者にしておくのはもったいない。試衛館で免許をもらったと聞いてはいたが、どうやらほんとうのようだ」

「おい、脇坂、なぜ自分の名を名乗った」

古山は語調をきつくして脇坂をにらんだ。

「聞かれたから、つい名乗ってしまったのだ。偽名を使えばよかったのだろうが、とっさのことで頭がまわらなくてな」

ばつが悪そうな顔をして脇坂は酒に口をつけた。

「たわけが。のちのちのことを考えれば、偽名を使うべきだったのだ。まったく、おぬしはどこかが抜けておるから困る」

「手厳しいことをいいやがる」

「あたりまえだ。ことを終えたあとで、おぬしの名が出たらどうする？」

「そうならないように孫兵衛を使っているのではないか」

「ともかく名乗ったのはまずかった。それより、龍安が訪ねていった屋敷だが、その相手のことはわかっているのか」

「斉藤長右衛門といった」

「昼間は留守だったのだな」

「だからあの医者は帰ったのだ」

古山は一度外を見た。

「脇坂、これからその斉藤殿の屋敷に行ってみよう」

「行ってどうする？」

「龍安が嘘をついているかどうかを調べるのだ」

古山は差料をつかんで、店の勘定を頼んだ。

表はひどく暗く、町屋は黒い闇に塗り込められたようになっていた。古山は近所で提灯を求めて法恩寺橋をわたった。

雨の勢いは弱く、それに小糠のような粒だった。古山と脇坂は傘をささずに歩いているが、気にするほどの濡れ方ではなかった。

「そっちだ」

脇坂が町屋の切れたところを右に曲がった。そこから先の左側は武家地である。

「この家だ」

古山は脇坂が足を止めた屋敷の木戸門を見た。玄関の戸障子に家の中のあかりが映っている。家人はいるようだ。

「お頼み申す」

古山は木戸門を入って、玄関の前で声をかけた。

家の中から聞こえていた話し声が途絶え、返事があった。

「お待ちを……」

戸障子を開けたのは、年老いた中間のようだった。

「つかぬことをお訊ねいたすが、当家は斉藤様であろうか？」

「は……」

「斉藤長右衛門様のお宅であろうか？」

「いいえ、ちがいますが……」

中間は小さな目をまるくした。

「では家をまちがったのかもしれぬ。近くに斉藤長右衛門様のお屋敷があると思うのだが、存じておらぬか？」

「さあ、このあたりに斉藤様という方のお屋敷はなかったはずですが……」

中間は視線を彷徨《さまよ》わせていう。

「ない」

古山は目を光らせた。

「では、菊島龍安という医者を知らぬか？」

「菊島、龍安様ですか……いいえ、そんなお医者のことは存じませんが……あの、何かお困りならば聞いてまいりますが……」

親切なことをいう中間は、一度、土間奥を見てから顔を戻した。

「いや、夜分に失礼をした」

古山はそのままきびすを返して、門口で待っていた脇坂のそばに戻った。

「菊島龍安は嘘をついている。やつは伊右衛門とつながっていると考えていい」

「まことか……」

キッと、眼光を鋭くした古山は、脇坂を見て、小さくうなずいた。

五

「そこでよい」

岡野伊右衛門は船頭に命じて、猪牙《ちょき》を長崎橋のたもとにつけさせた。舟賃を払って河岸道にあがると、傘をさしたまま用心深く周囲に目を向けた。

人通りはほとんど無に等しい。遠くの道に、小さな提灯のあかりが見えたくらいだ。

伊右衛門はそのまま南割下水に沿って歩いた。

今夜は紋付き羽織という出で立ちであった。紋は森川家の家紋、丸に三引きという紋であった。伊右衛門が森川倫太郎に、佐和（まだ名はなかったが）のことを頼まれたときにもらった羽織であった。

伊右衛門は暗い夜道を、足音を殺して歩いた。息を止めるほどの慎重さだ。それだけ用心しなければならないと肝に銘じていた。

夕刻、龍安にいわれたことが気にかかっていたのだ。

しばらく行ったところで、提灯の火を吹き消した。あかりはないが夜目は利く。闇は深いが歩けないことはない。

耳をすまし、ときどき周囲に目だけを動かして注意をする。土岐家の刺客が近くに来ているという緊張が、いやがおうでも高まる。歩きながらも、留守をあずからせている佐和のことが心配でもあった。

婚儀が決まった。このことを佐和に伝えなければならない。

その夜、伊右衛門は柳橋の料亭に招かれ、佐和の嫁ぎ先と話をまとめてきたのだった。相手は、佐和を一度見ており、

「申し分ない。是非にもらい受けたい」

と、即応していた。

今夜はその最後の話し合いであった。先方は佐和を殊の外気に入り、機嫌がよかった。これからもらいに行ってもよいなどと、酒に酔った勢いで軽口までたたいた。

（とにかく、よかった）

伊右衛門は心底安堵していたのだが、まだ気は抜けなかった。

先方の迎えは二日後である。それまで佐和を、刺客の手から守らなければならない。

夜道を歩きつづけるうちに隠れ家に近づいた。ここから先は鬱蒼とした竹林である。

伊右衛門は提灯に火を入れなおして、小径を辿った。

竹の葉から雨のしずくが落ちる音が、あちこちでする。ゆるやかな風に揺れる竹林は、雨に濡れていても乾いた音を立てた。

やっと家の前まで来た。雨戸の隙間に、薄あかりが漏れている。

「ただいま戻りました」

戸口を入って声をかけると、佐和が待ちくたびれた子犬のように三和土に駆けよってきた。

「もっと遅くなるかもしれぬと思っていましたのに……」

そういう佐和ではあるが、早く帰ってきて嬉しいという顔つきだった。

「佐和様、話がまとまりました。これからお伝えいたします」

「さようですか……」

佐和はすっと顔をそむけて居間に戻った。

伊右衛門はそのことが気になったが、羽織を脱いでから佐和の前に座った。

「おめでたきお話です。先様は佐和様のことをすっかりお気に入りの様子。輿入れはいつでもよいとのことです」

「相手はどちらのどなたです?」

佐和は凍りついたような表情をしていた。

「御書院番組頭であらせられる福原清右衛門《ふくはらせいえもん》様の嫡男、影信《かげのぶ》様でございます」

「………」

「福原家は石高四千石、影信様はいずれ家督を相続される立派なお殿様におなりになる方です。眉目秀麗でいて才気煥発な人物です。佐和様には申し分のないお方。まことにもってめでたき話です。……いかがされました?」

伊右衛門は浮かない顔をしている佐和を見つめた。

「伊右衛門は、その影信様がわたしを気に入られたといったが、わたしは会ったことはありません」

「二日前の夜、柳橋の須坂《すざか》という料亭で食事をしたおり、影信様は佐和様を見初《みそ》められました」

佐和の顔がはっとなった。

「伊右衛門、はかったな」

「どうしてもと、福原様の意向がありましたので、あの席を設けたのでございます。お伝えしなかったことはこのとおり、お詫《わ》びいたします」

伊右衛門は畳に額をつけて謝った。

だが、佐和は気分を害したように頰を赤らめ、目を厳しくしていた。

先夜、柳橋の料亭・須坂で食事をしたが、その客間と向こうの客間には中庭があった。中庭を挟んだ縁側に、影信が立ち、楽しげに食事をする佐和を見ていた。

伊右衛門は気づかぬふりをしていたが、

——伊右衛門、障子を閉めておくれ。人が見ています。

と、佐和がいった。

「あのときの……」

佐和は思いだしたようだ。

それから小さく首を振り、やるせなさそうなため息をついた。

「嫁がねばなりませんか……」

今度は弱気な目になっていた。

「佐和様の幸せのためです。これまでの苦労が報われるときが来たのです」

「伊右衛門」

「はい」

「わたしはいまでも十分幸せだ」

「しかし……」

「もうよい。わかりました」

佐和は拗《す》ねた顔をしたが、伊右衛門はたたみかけた。

「承知していただけますね」

「そうしなければ伊右衛門が困るのであろう」

「そんなこと……」

「よい、よい。わたしは嫁ぐ、嫁ぐのです」

佐和は蹴るように立ちあがり自分の部屋に向かったが、いまにも泣きそうな顔をしていた。

「岡野さん」

戸口でひそめられた声がした。

佐和が座敷の途中で立ち止まれば、伊右衛門は顔をこわばらせて身構えた。

六

「わたしです。菊島龍安です」

龍安は戸口の前で再度声をかけた。

屋内に一瞬の静寂があったが、すぐに足音がして、戸が開けられ、伊右衛門の顔がのぞいた。

「いかがされました？」

「どうにも落ち着きませんで、居ても立ってもいられなくなりやってきた次第です」

「とにかく、中へ……」

龍安は居間に通されて、伊右衛門と佐和と向かい合った。

「岡野さんと別れたあとで、いろいろ考えてみたのですが、土岐家の者がこのあたりをうろついています。明日にもこの家は見つけられるかもしれません」

「何か差し迫ったようなことでも……」

伊右衛門は落ちついた顔でいう。

佐和が物静かな所作で茶を淹れて差しだしてくれた。

「胸騒ぎが収まりません。昼間わたしのついた嘘がわかっていれば、土岐家は明日にでもこのあたりを必死に探しまわるでしょう」

「嘘とはなんです？」

佐和が顔を向けてきた。血色のよい白い肌が、あわい行灯に照らされている。龍安は佐和のすんだ瞳を見て答えた。

「岡野さんには話してありますが、昼間こちらを訪ねてくるおり尾けられました。うまくまいたつもりでしたが、法恩寺の門前で再び尾けられ、とある屋敷の前で立ち話となりましたが……」

龍安はそのときのやり取りと、そのあとで斬りつけられたことを話した。

「伊右衛門、なぜそのことを教えてくれなかった」

話を聞き終えた佐和はキッとした目を伊右衛門に向けた。

「はは、何分にもあのときは福原様のお屋敷に出向かなければならず、急いでおりましたゆえ……」

「大事なことではないか」

「はは」

「それで先生、その者たちのその後は……」

佐和は龍安を見た。

「何もありませんが、わたしの家には見張りがいます。昼間会った、川端孫兵衛という者です」

「その者はいまも……」

「わかりません。しかし、今度は尾けられてはいません。これはたしかなことです」

龍安は自宅を出るおり、十分に警戒をした。表門からではなく、裏の勝手口から闇にまぎれてここまでやってきた。その途中でも、必要以上の注意を払っていた。

「それでどうするというのです？」

「佐和様は近いうちに嫁がれると聞きました。それまで無事でなければなりません」

龍安はそこまでいってから、伊右衛門に顔を向けた。

「先ほど、福原様とおっしゃいましたが、もしや……」

伊右衛門はゆっくり顎を引いてうなずいた。

「御書院番組頭をやっておられる福原清右衛門様のご嫡男・影信様のお眼鏡にかないました」

龍安はわずかな驚きを覚えた。

御書院番組頭といえば、役高四千石の幕府重役である。そんな人間に、伊右衛門がどうわたりをつけたのかわからなかった。

「それは大変おめでたきことではありませんか……」

「福原様は三河松平家から福原家へ婿養子に入られたお方ですが、土岐家の跡取りになられる千之助様の本家筋にあたります」

「なるほど、そういうことでしたか……」

龍安は感心した。佐和が福原家へ嫁げば、分家である土岐家は手出しできない。さらに、福原清右衛門は幕府重鎮であるからなおさらのことである。

これで森川家の血は、佐和によって受け継がれることになる。たとえ姓が変わろうとも、血は途絶えないわけである。

「それで日取りは決まったのですか？」

龍安は問うた。

「明後日にもお迎えがあるはずです。それからしばらくは、福原家の抱屋敷ですべての段取りが決まるまで暮らすことになるでしょう」

「暮らす……伊右衛門、暮らすと申しましたが、それは伊右衛門もいっしょなのですね」

佐和は目をみはって伊右衛門を見た。

「いいえ、佐和様を福原様にお預けしたら、わたしの役目は終わりです」

「ま……」

佐和は絶句した。その顔には落胆の色がありありと浮かんでいた。

そんな様子を目の前にする龍安は、いかに佐和が伊右衛門を頼り、慕っているかを思い知らされた。

(この二人は、親子以上の絆《きずな》で結ばれているのではないか……)

そう思わずにはいられなかった。

「とにかくこの家にいるのは危険だと思われます」

龍安は話を戻した。

「しかし、行くあてがありません。よもや見つかったとしても、わたしは体を張って佐和様をお守りします」

「岡野さん、向こうは何人で来るかわかりません。数を頼みに、押しかけてきたら切り抜けるのは難しいのではありませんか。土岐家の刺客はもうその辺を歩きまわっているのです」

「だからどうしろと申されるのです」

「佐和様をしばらく別の場所に移します。わたしの母の家です。狭くて何かと不自由でしょうが、佐和様には辛抱してもらいます」

佐和と伊右衛門は顔を見合わせた。

「そうしてもらえませんか。土岐家にこのあたりを嗅ぎつけられたのは、そもそもわたしの落ち度。一介のやぶ医者ではありますが、少なからず力になりたいのです」

「わかりました。先生のお指図にしたがいます」

答えたのは佐和だった。

「先生のお母上の家は？」

伊右衛門である。

「本所林町です。さほど遠いところではありません」

佐和は支度にかかった。

伊右衛門も普段着に着替えて、佐和に入用なものを揃《そろ》えた。

三人が竹林を抜けたのは、それからすぐのことだった。提灯もつけず、暗い夜道を踏みしめるようにして歩いた。

先頭に立って案内する龍安は、不審な人影がないか周囲に目を凝らしながら、ときどき佐和を気遣った。道は長雨のせいでぬかるんでいて、そこらじゅうに水溜まりがある。

雨は強くはないが降りつづけている。風もいつになく冷たく、肩をすぼめるほどだった。三人は極力人目につかないように武家屋敷地を抜け、竪川沿いの道に出た。雨もあるが夜も遅いとあって、人通りはほとんどなかった。

龍安はときどきついてくる二人を振り返った。すぐそばにいるのに、佐和も伊右衛門の顔もよく見えないほど暗かった。

新辻橋、南辻橋とわたり、河岸道沿いに進んだ。すぐそばに横たわっている竪川は、黒い帯のように見えた。

その暗い川面《かわも》に、居酒屋や料理屋の明かりが映り込んで揺れていた。

本所林町三丁目まで来ると、龍安は左の路地に折れた。母・あきが住んでいる長屋はそこを入ったところだった。

戸障子の前に立ったが、家の中にあかりはついていなかった。

「母上、龍安です」

低声で呼びかけると、ゴソゴソと音がした。

「夜分に申しわけありません」

「なんですか、いま時分に。ちょいとお待ちなさい」

あきが返事をして戸口のそばにやってくるのがわかった。龍安は木戸口を振り返ったが、なんの変化もなかった。

ガラッと戸が開いて、眠そうなあきの顔が闇の中に浮かんだ。

七

「そんなことだとはねぇ。それにしても佐和さん、あなたもずいぶんご苦労なさったのね。岡野さんもそうですけど、世の中にはいろいろあるものですね」

大まかな話を聞き終えたあきは、あきれたような顔をして龍安と、佐和と伊右衛門を眺めた。

「それで母上、頼まれてくれますね」

龍安は膝を詰めてあきを見る。

「断れるわけないではありませんか。それにそのつもりできたのでしょう。まったくできの悪い息子ですこと。それにしてもびっくりしましたわよ。まさか、あなたがこんな若い娘さんを嫁にしたいといいはじめるのではないかと、胸がドキドキしていました」

「見ればわかるでしょうに……」

「いいえ、そなたは親にないしょで、裏で何をやっているかわかりませんからね」

「人聞きの悪いことを……」

あきの口の悪さは相変わらずである。髪には霜を散らしているが、年のわりには肌つやがよくしわが少ない。

「ご面倒をおかけいたしますが、よろしくお願いいたします」

伊右衛門が頭をさげた。

「突然のことでご迷惑だとは存じますが、なにとぞよろしくお願いいたします」

佐和も伊右衛門にならった。

「いいえ、人助けは嫌いではありませんから、わたしは迷惑だなどとはちっとも思いませんよ。それにこんなに若くて美しい娘さんのことなら放ってはおけません。ほら、見てごらんなさい。佐和さんがそこに座っておられるだけで、このむさ苦しい家が明るくなった気がしませんか……」

あきはそんなことをいって、ほっほっほと楽しそうに笑った。そのことで佐和からかたさが抜けたようだった。

「先生にこんなお母様がいらっしゃったとは……羨ましいです」

表情をゆるめた佐和が龍安を見た。

「明後日には迎えにあがりますので……」

伊右衛門はあきにとも佐和にとも取れることをいって、

「もう夜も遅いので、わたしはこれで失礼いたします」

と、いった。

「わたしもまいります」

龍安も腰をあげた。

「伊右衛門、ひとりで大丈夫ですか？」

龍安が戸に手をかけたとき、佐和が声をかけてきた。

「わたしのことはご心配なく」

「では、母上頼みましたよ」

「はいはい、ちゃんとお引き受けいたしましたよ」

明るい性格のあきは、ぽんと胸をたたいた。

「先生はここで……」

表道に出たところで伊右衛門が立ち止まった。

「岡野さんは？」

「わたしは戻ります」

「もし、よければわたしの弟子の家があります。そちらへ案内しますが……。いや、そうしたほうがよいはずです」

「それはできません。明日、福原家の使いが来るかもしれません。そのとき留守にしていれば失礼にあたります」

「では、送ってまいりましょう」

「おかまいなく。いらぬことに先生を巻き込むわけにはまいりません」

「すでに巻き込まれていますよ」

龍安はやわらかな笑みを浮かべたが、夜の闇が邪魔をしてその表情は伊右衛門には見えなかったかもしれない。

「先生を頼ったばかりにこんな迷惑をかけることになるとは……」

伊右衛門はそういって歩きだした。来た道をそのまま戻る恰好である。

通りの先に居酒屋の軒行灯が、ぼんやり浮かんでいるが、その数も少なくなっていた。

ときどき、酔客の楽しげな笑い声が漏れ聞こえてきたが、それも短いものだった。

雨は音もなく地面に吸い込まれている。

「佐和様が嫁がれたら、岡野さんはどうされるんです？」

龍安は横を歩く伊右衛門の横顔を見た。やはり、闇のせいで黒くしか見えない。

「わたしの役目はそれで終わりです。あとは……」

伊右衛門は言葉を切って、しばらく歩きつづけた。

「あとはどうされると？」

「……まだよくは考えていません」

「そうですか……」

二人はそれ以上口を利かずに歩きつづけた。

新辻橋をわたり、柳原町の町屋を抜け、脇坂淡路守《わきさかあわじのかみ》下屋敷を左に折れた。これからしばらくは大名家や旗本家の屋敷地がつづく。道の両側には練塀がのびている。

人通りはすっかり途絶えていた。あたりは森閑としており、物音さえない。

「先生、その先までで結構です。かえって先生の帰りが心配です」

「気をまわさないでください。好きでやっているのですから」

「……変わったお方だ」

「そういう岡野さんもかなりの変わり者だと見ますが……」

龍安が小さく笑うと、岡野も低い笑いを漏らした。これまで二人の間には目に見えない、溝のようなものがあったが、いまの会話によって龍安は心の通い合いを感じた。

南割下水に架かる土橋をわたり、しばらく行ったときだった。正面に提灯のあかりが見えた。それも二つ。

龍安と伊右衛門は同時に足を止めた。

「こっちに来ますよ」

龍安は伊右衛門を見た。

「避けましょう」

伊右衛門はそういって引き返すと、南割下水沿いの道に出た。少し先に御先弓組の拝領屋敷地がある。その屋敷地を左に折れた。

そのとき背後を見ると、提灯のあかりが近づいていた。それも四つに増えている。

龍安と伊右衛門は足を急がせた。やがて両側を畑地と雑木林に挟まれる道になった。

「待て！」

背後から声が追いかけてきた。それに足音が迫ってくる。

「どうします？」

龍安が聞いたとき、追っ手はもうすぐそこまでやってきていた。

# 第六章　星　空

## 一

「止まるんだ」

強く恫喝《どうかつ》するような声が背中に浴びせられた。

龍安と伊右衛門は同時に足を止めた。暗闇の中を提灯も持たずに走るのは危険だったし、逃げられないと観念したからでもあった。

「こっちを向け」

龍安が先に、背後を振り返った。そして、伊右衛門がそれにならった。二人ともいつでも刀を抜けるように柄に手を添えていた。

五人の男たちがいた。それぞれに提灯をかざして、龍安と伊右衛門の顔をたしかめるように窺い見た。後方にいたひとりが龕灯《がんとう》を照らしてきた。

「そうだ、龍安という医者と、もうひとりは岡野伊右衛門だ」

龍安は龕灯を持った男を見た。川端孫兵衛だった。

「森川数右衛門の娘・佐和はどこだ？」

前に進み出てきた男が問うた。龍安の知らない男だった。

その刹那、鞘走る音がして、疾風の勢いで闇を吸い取る刃が男たちに向かっていった。

伊右衛門が動いたのである。

金音がして、火花が散り、男たちが四方に散らばった。

龍安は刀を抜いた。

「ひとりは生かしておくのだ」

男たちのひとりが指図の声をあげた。

龍安は横から斬りかかってきた男の刀を、上にはねあげると、腰をひねりながら刀を水平に薙いだ。手応えはなかった。すぐさま刃風を立てながら凶刃が襲いかかってきた。紙一重でかわし横に飛んで身構えた。

男たちは提灯を地面に置いていた。伊右衛門が斬り込んでは、下がり、撃ちかかってくる男の刀をからめるようにかわしていた。

龍安も襲い来る男たちの刀をかわさなければならなかった。右から突き出される剣尖を外し、背後に人の気配を感じると、腰を沈めながら右足で反転して逆袈裟に斬りあげた。

しかし、暗すぎて間合いが合わない。刀は襲撃者をかすめるだけであった。それは相手も同じことで、肉薄していながら、斬り倒すことはできない。

地面に置かれた提灯のあかりは、濡れた道を照らしているが、斬り合う龍安たちの助けにはならなかった。それに知らぬ間に提灯のあかりから離れていた。

周囲は漆黒の闇に包まれている。夜目が利かないので無用に斬り込めないし、間合いを取るのが難しい。

それでも襲撃者は数を頼みに、二人がかりで襲いかかってくる。どこかで小さな悲鳴じみた声とうめきがした。龍安にはたしかめている余裕がなかった。

右から振り下ろされてくる刃をかいくぐるなり、相手の懐に飛び込むとそのまま足をかけて地に転がして、大上段から刀を振り下ろしたが、相手は横に転がって逃げた。

つぎの瞬間、正面から突進してくる影があった。龍安は右足を大きく踏み込むと、体を右にひねりながら、胴を薙ぎ払った。

たしかな手応え。肉をたたく鈍い音がして、相手はたたらを踏んでそのままどさりと倒れた。

転瞬、龍安はさっと背後を振り返った。いままさに刀を振り下ろそうとしている男の影があった。龍安はその斬撃を下からはねあげると、返す刀で相手の肩を斬った。

「うっ……」

うめいた男は、すばやく後ろにさがった。

「退け、退くんだ」

襲撃者のひとりが指図していた。

そばに黒い影の気配があった。龍安はさっとそっちに刀を向けた。

「先生」

伊右衛門だった。

「逃げるんです」

龍安は提灯の落ちているほうを見た。逃げる男たちの姿があったが、それは三人だった。地に黒い塊が二つ転がっていた。ひとりは龍安が斬った男だ。もうひとりは伊右衛門に斬られたのだ。

闇の中を龍安と伊右衛門は、荒れた息を殺しながら小走りに駆けた。手探りをするように進むが、伊右衛門には土地鑑があるらしく、やがて隠れ家の入口になる竹林に入った。

「もう大丈夫でしょう」

竹林の小径に入ったところで、伊右衛門がいった。

「追ってくる者はいません」

龍安は額の汗をぬぐった。汗は雨に薄められていた。

「相手は仲間二人を斬られています。無闇には追ってこられないでしょう。それにこの闇と雨です」

息を整えながら伊右衛門が顔を向けてきた。

龍安にはそう見えた。何しろ二人はそばにいながら互いの顔さえわからなかった。そのまま隠れ家に足を進めたが、待ち伏せを警戒して、周囲の異音や些細《ささい》な動きに気を配った。だが、待ち伏せをしている者は誰もいなかった。

「この家はまだ見つかっていないようです」

土間に入って、伊右衛門がホッとした顔で、燭台に火をともした。ようやく互いの顔を見ることができた。

伊右衛門は丹念に家の中をあらためてみた。とくに変わった形跡はないらしく、

「やはり、ここは無事のようです」

と、龍安を振り返った。

「ひとりで大丈夫ですか？　明日になれば、土岐家の者がこのあたりをくまなく調べるはずです」

「わかっています」

「岡野さん、わたしの家も見張られている。弟子たちのことが気がかりです。一度家に戻り、夜明け前にここに戻ってきます」

「それには及びません。これ以上先生には迷惑をかけられない」

「そうはいきません。とにかく一度家に戻ります」

伊右衛門がじっと見てきたが、龍安の意思のかたさがわかったのか、

「気をつけてください」

といった。

「わかっています」

龍安はそのまま隠れ家を出て、再び闇の中に身を投じた。

そぼ降る雨の中を、龍安は歩きつづけた。気の休まらない雨中の帰路であった。

大橋をわたり自宅屋敷のある横山同朋町についたのは、夜九つ（午前零時）前だっ

た。

付近に見張りがいるのを恐れたが、その様子はなかった。それでも念のために裏口から家の中に入り、久太郎に声をかけた。さっと夜具を払いのける音がして、乱れた寝間着姿で久太郎が姿をあらわした。

「どこへ行っていたんです？　ずいぶん遅かったではありませんか」

「すまん。いろいろあってな」

龍安は柄杓《ひしゃく》ですくった水を、喉を鳴らしながら飲んだ。

「ずぶ濡れですよ。傘はどうしたんです。酒にでも酔って落としたんですか」

久太郎はそういいながら乾いた手拭いを持ってきた。

「すまぬ。変わったことはなかったか」

「変わったこと……。いつもと同じですよ。変わってるのは先生です。ここのところ変じゃありませんか。まさか、女でもできたんじゃないでしょうね」

久太郎はからかうようにいって、くすくす笑う。

「馬鹿をいうな。熱い茶が飲みたい」

「こんな夜更けに、人使いの荒い先生だ。こっちはすっかり夢心地だったのに……」

久太郎はぶつぶついいながらも、湯を沸かして茶を淹れてくれた。

龍安は熱い茶を飲んで、やっと人心地ついた。

「久太郎、明日は休みにする」

「は……」

「わたしは夜明け前に出かける。おたねは明日はこない日だから問題はないだろうが、おまえは精蔵の家に行ってくれ」

「これからですか？」

「夜が明ける前でいい。精蔵の家に行ったら、明日一日、ここには戻ってくるな」

「いったい何があったんです」

「ちょっとややこしいことになっている。わけあって詳しいことは話せない。黙っていうようにしてくれ」

「……それじゃそうしますが、いつこの家に戻ればいいんです？」

「日が暮れたあとだ。近所にあやしい者がいたら、この家には近づくな。そのまま精蔵の家で、わたしが行くまで待つのだ」

「なんだか要領を得ませんが……まあ、先生がそうしろとおっしゃるなら、そうしましょう」

「頼んだ」

龍安は立ちあがって、自分の寝間に行き着替えにかかった。

二

あかりが外に漏れないように板戸に目張りをして、床についた伊右衛門だったが、神経が立っているのか、なかなか寝つくことができなかった。

狭い三畳一間は、有明行灯のあわいあかりに包まれている。

ときおり、木の葉から雨のしずくが落ちる音がする。それ以外は無音といってよかった。人が近づけば濡れた木の葉を踏む音がするはずだ。伊右衛門の耳はそんな小さな音を聞き分けられるようになっていた。

天井に小さなしみがあった。それを凝視した。

ここに来て追いつめられているという思いに歯嚙みをした。あと一日か二日だというのに、運命の皮肉を感じずにはいられない。

それにしてもあの龍安という医者は、思いがけず頼りになる男だったと、心中でつぶやいた。

（とにかく明後日には……）

伊右衛門は耳をすましたまま目を閉じた。しかし、睡魔はやってこない。土岐家の襲撃者が現れれば、すぐさま応戦できるようにそばに刀を置いていた。来るなら来いという、半ば捨て鉢な気持ちも心の片隅にあった。だが、佐和を無事に福原家に入れるまでは、自分の身も守らなければならないという強い思いもある。

目をつむっていると、脳裏に森川数右衛門の顔が浮かんだ。

自分を武士として認めてくれた殿様であった。一生に一度会えるか会えないかという、かけがえのない人間だった。

「さようか、そなたは郷士の出であったか。苦労は絶えなかったであろう」

剣術指南役として森川家に抱え入れられて間もなくのことだった。伊右衛門は自分の出自を数右衛門に明かした。

「半農半士の郷士と申しましても、しょせんは食うに食えない水呑百姓でございました」

「さもあらん。そのような者はそなただけではなかろう。しかしながら武士の心意気を忘れず修練を積んできたそなたには敬服いたす。めったにできることではない。これからも精進いたせ。わたしはそなたを身内として扱う。そなたも家中の者はみな身内だと思ってくれ」

嬉しい言葉だった。

道場通いをして腕を上げたのも、この人に会うためであったと思ったほどである。

「それにしても、剣がそなたの身を助けたな」

「はは、ただひたすら稽古に励んできた賜《たまもの》でございます」

「立派なことだ」

数右衛門は柔和な笑みを浮かべ、何度も小さくうなずいた。頬肉の豊かな人で、カカと大笑すると頬が揺れるほどであった。

些細な会話の機会は、思いついたように設けられた。

いつも数右衛門が自分の書院に呼ぶのだった。そして、決まったように家中の者たちの腕はあがっているか、誰が見込みがある、筋がいいのは誰だと聞かれたが、それは話の糸口にすぎなかった。

数右衛門は暇にあかせて、茶を点《た》てて伊右衛門をもてなし、四方山《よもやま》話をした。ときに冗談めかした話を入れて、緊張している伊右衛門の気持ちをほぐしてくれた。

そんな数右衛門が、

「岡野、人間にとって何がもっとも大事であるかわかるか?」

と、問うたことがある。

「命だと思いまする」

「さよう、命は大事だ。だが、その前にもっと大事なことがある。それは人間の尊厳だ。武士にも百姓にも町人にもみな尊厳がある。それを踏みにじってはいかぬ」

「尊厳……」

このとき伊右衛門は、雷に打たれたような衝撃を覚えていた。

「命も尊いものにちがいはないが、どんなに卑しき者にも少なからず気高き心根がある。それを尊厳と申す。人はそれを侵してはならぬ」

数右衛門が土岐正之の工作にはめられて失脚し、腹を切ったとき、伊右衛門が真っ先に思ったのは、

（汚《けが》された尊厳を取り戻すために、殿は果てられたのだ）

ということだった。それはおそらく、まちがってはいなかったはずだ。

森川家の血を絶やしてはならないといった、数右衛門の嫡男・倫太郎の言葉も、その尊厳を守るためだった。そのことがわかっていただけに、伊右衛門は佐和の面倒を見てきたのだった。

（いや、そうではないかもしれない……）

伊右衛門はカッと目を開けて、天井を見た。

遠い思い出が走馬灯のように甦《よみがえ》った。

それは佐和を引き取ってからのことだった。

乳飲み子だった佐和は乳母の乳をうまそうに飲んではよく泣き、そしてよく笑う子だった。そんな佐和を伊右衛門はよくおぶって、川沿いの道を歩いた。

春は桜を愛《め》でた。

「佐和様、あれが桜でございます。まことに美しく雅《みやび》ですね」

夏の夕暮れには蜻蛉《とんぼ》が舞っていた。佐和はその蜻蛉をつかもうと、可愛い小さな手をのばしていた。

秋には道で手折ったすすきの穂で、佐和の頰をくすぐってやると、よく笑った。冬は雪をつかんで、冷たい冷たいとはしゃいでいた。

物心ついたころから読み書きを教えた。佐和は覚えが早かったが、ときにへそを曲げて筆を放ることがあった。

「佐和様、そんなことではいけません。最後までおやりください」

厳しい目をして無理矢理筆をつかませると、佐和は気が乗らない顔つきのまま書きおおせた。

行儀作法、言葉遣いもすべて伊右衛門が教え込んでいった。しかし、佐和は両親の顔を知らない。家庭の空気も知らない不憫な子であった。

当然、愚痴をこぼした。

「伊右衛門、わたしはみなしごなのですね。川で拾われた子と同じなのですね」

「いいえ、それはちがいます」

「ちがいません！　どこにわたしの父がいる！　どこにわたしの母がいる。いるならここへ連れてまいれ！」

佐和は目を真っ赤にして叫んだ。

「佐和様、気をお鎮めください。佐和様は尊い血を引いておられるのです。決して拾われたみなしごではありません」

伊右衛門は佐和が拗ねるたびに往生した。だが、佐和は年を重ねるうちに、観念したようだ。

なぜか佐和のことを思うと、幼いときの顔しか浮かんでこない。

無邪気に笑ったときの佐和。

駄々をこねて泣きじゃくる佐和。

雛《ひな》人形の前で新調の着物を着て嬉しそうに照れる佐和……。

伊右衛門はそんな佐和の面影を追ううちに、頬にやわらかな笑みを浮かべていた。

（あのころは楽しかった）

そう思わずにはいられない。

しかし、苦労も絶えなかった。なにより佐和の養育費と日々の生計が大変だった。伊右衛門は知恵を絞り、森川家の親戚筋を訪ね歩き、書画骨董の類《たぐい》を預かり金持ちの隠居連中に高値で売り捌《さば》いた。

森川家の親戚らはみな一様に、数右衛門の落とし胤のことを知ると、腫《は》れ物に触るように、好きなものを持って行くといいといった。売り上げの一部をわたそうとしても、

「数右衛門の家とは縁を切ってある。金輪際関わらないでくれ」

といわれた。

親戚とはいえ、改易になった家柄を誰もが敬遠するのだった。無理からぬことかもしれないが、佐和を預かろうとする家もなかった。しかし、すべての親戚がそうであったわけではない。

数右衛門には千代《ちよ》という年の離れた妹がいた。千代は浅田芳右衛門《あさだよしえもん》という旗本の家に嫁いでいたのだが、佐和のことを知ると陰から手を差しのべてくれた。

福原家との縁談も、数右衛門の妹・千代の力添えがあってのことだった。

そんなことを、あれこれ思いだしたり考えたりしているうちに、伊右衛門の瞼《まぶた》が重くなっていった。

（少しは体を休めなければ……）

気は張っているが、伊右衛門は短い眠りに落ちていった。

三

雨は夜半にどしゃ降りになったが、明け方に落ち着いたようだ。

短い眠りから覚めた龍安はしばらく動かずにいた。雨戸の隙間にはまだ朝の光は感じられない。庇から落ちる雨垂れの音が、途切れがちになっている。

明け鴉《がらす》がどこかで短く鳴いた。

七つ（午前四時）の鐘を聞いて、半刻ほどたっているはずだ。

龍安はゆっくり夜具を払いのけ、支度にかかった。

今日は土岐家の刺客たちと戦わなければならないかもしれない。

昨夜、寝間に入ってからいつもつけている日記を眺めた。とくに急いで治療をしなければならない患者はいなかった。午前中やってくる患者に重篤な者はいない。往診を急がなければならない者もいなかった。

小袖を着込み、袴《は》を穿き、差料を手にした。台所に行き水を飲んでいると、物音に気づいたらしい久太郎が眠そうな顔でやってきた。

「もうお出かけですか……」

「うむ。おまえも支度をしろ。夜が明けないうちに家を出る」

「わかりました。なんだかよくわかりませんが……」

ぶつぶついいながら久太郎は、自分の部屋に戻っていった。久太郎には玄関そばの三畳間をあてがっていた。

龍安は手際よくにぎり飯を作った。おたねが多目に飯を炊いていてくれたので助かった。にぎり飯にはたくあんを添えた。

竹皮にそれらを包んでいると、久太郎がやってきた。すっかり目が覚めたらしく、いつになく神妙な顔をしている。

「先生、なにか悪いことでも起きているんじゃ……。無理はしないでくださいよ」

「心配はいらぬ。さあ、行こう」

「何があったのか教えてもらえませんか」

久太郎がまっすぐ見てきた。その顔には不安の色が刷《は》かれていた。龍安はやさしく見返し、口許にやわらかな笑みを浮かべた。

「すまぬが、おまえにもいえぬことがあるのだ。ことが終わったら教えてやる」

「こと、ってなんです？」

龍安は背を向けて裏の勝手口に向かった。

「いいからいうようにしてくれ。これはわたしからの頼みだ」

久太郎は、わかりましたと、納得いかない声を返してきた。

表はまだ闇である。それでもかすかな光を感じられるので昨夜ほどではない。雨はほとんどやんでいるといってよかった。

周囲に目を配ったが、不審な人の気配はまったくなかった。

裏の路地に出て、久太郎と別れた。龍安は静かに足を進めたが、角を曲がるまで背中に久太郎の視線を感じていた。

（すまぬな、久太郎……）

龍安は心中で謝り、ぬかるむ道を歩きつづけた。佐和と伊右衛門のことはどうしても放っておけない。

ことは十六年前の因縁に端を発しているのだが、もはや土岐家の恨みは人殺し以外のなにものでもない。理不尽な所業である。

それはよくわかっている。伊右衛門にもそのことは痛いほどわかっているのだ。しかし、彼は逃げることができない。来た道を後戻りすることもできない。仲間もいない。

孤高にもかつての主人に忠実に仕えようとしている堅い意思があるだけだ。もちろん佐和を思いやる気持ちはそれ以上に強いのだろうが、伊右衛門の気持ちが龍安には少なからず理解できた。

（あの二人を守る）

龍安はさっと前方に目を向け、真一文字に口を引き結んだ。

薬研堀から大川端に出たところだった。うっすらと朝靄《あさもや》に包まれた大橋が、浮かんでいるように見えた。

同じころ、土岐家の抱屋敷の一室には、脇坂権十郎、古山勘助、川端孫兵衛が集まっていた。

三人とも装束を調えている。手っ甲脚絆《きゃはん》姿である。

駆けつけてきたばかりの孫兵衛は、いまにも武者ぶるいをするような思いだった。

今日で決着がつけば、残金の七十両をいただけ、しめて百両になる。それればかりではなく、土岐家に抱え入れてもらえるかもしれない。

百姓をやめたのも、この日のためだったのだと思うほどだった。家を出るとき、妻のおみつが切り火を打ち、

——無事にお帰りくださいよ。無理はなさらなくて結構です。

と、耳許で遠慮がちなことをいった。

——なんの、ちゃんと役目を果たしてくるさ。

——わたしはあなたが侍をおやめになっても、何も申しません。

その言葉に、孫兵衛はドキッとした。振り返っておみつを見ると、

——侍がすべてではありませんから……。

と、目を伏せた。

見破られていると思った。同時に、おみつの芯の強さを思い知った。

正直なところ、孫兵衛の心の片隅には、食えない侍などになぜ憧れてしまったのだという後悔の念があった。

土地はないので百姓には戻れないが、商売人になってもいいという思いがあった。

しかし、いまは孫兵衛にとって、

（男をあげる）

ときだった。

廊下に足音がして土岐家の用人・藤岡金右衛門があらわれた。少し前に使いの者が来て、金右衛門を待てという伝言があったばかりだった。

「間に合ったか……」

金右衛門はかたい表情で、三人の前に腰をおろした。

「何かございましたか？」

古山が訊ねた。すると、金右衛門は孫兵衛に顔を向けた。

「昨夜のことは聞いたが、岡野伊右衛門と菊島龍安という医者であったのだな」

「岡野伊右衛門を見るのは初めてでしたが、人相書きとそっくりでした。もうひとりは龍安という医者にまちがいありません」

孫兵衛は緊張して答えた。何か咎められるのではないかと危惧した。探索の手伝いをしていた二人が斬られたのだ。

「ならば今日のうちに決着をつけてもらうしかない」

金右衛門は古山と脇坂を眺めて、言葉をついだ。

「よもやのことが起きようとしている」

「よもやとは……」

脇坂だった。太い眉を上下に動かした。

「佐和の嫁ぎ先が決まった。相手は若殿様の御本家筋にあたる福原清右衛門様の御嫡男、影信様だ」

「なんと……」

脇坂は古山と顔を見合わせた。

「婚儀はまだ先のことだろうが、近々佐和は福原家に迎え入れられる。そうなっては手遅れだ。森川家の血を残してはならぬという殿の悲願はかなわぬことになる」

「千之助様の御本家へ……」

古山がつぶやいて、うつむいた。膝に置かれた拳《こぶし》がじわりとにぎりしめられている。

孫兵衛にもその心中はわかった。土岐家の家督は、河合家から養子に迎えた千之助に継がれることになっている。

福原家がその河合家の本家筋なら、手出しはできなくなる。佐和が嫁いだあとで抹殺したとしても、露見すれば、今度は土岐家がつぶされることになる。それに、土岐家を継ぐ千之助が無謀なことをするとは思えない。

森川家の血を絶やそうとするのは、土岐正之の怨念でしかない。いかなる遺恨があろうとも、もう十六年も昔のことである。孫兵衛は経緯を聞いたときに、土岐正之の執念に畏怖《いふ》もしたがあきれもした。

「手遅れになってはいかぬ。われらに残された猶予は今日か明日……いや、明日では遅いかもしれぬ。なんとしてでも今日のうちに決着をつけてもらいたい」

「承知いたしました」

脇坂が応じれば、

「もはや探索の区域は絞り込んでおります。隠れ家を見つけるのに手間はかからないでしょう」

と、古山が言葉を添えた。

「無事にことを終えるのを祈るが、おぬしらの仕業であった痕跡は残してはならぬ。土岐家の証拠となるものを身につけてはおらぬだろうな」

金右衛門は孫兵衛たちを眺めた。

「念には念を入れてあります」

古山が答えると、

「では、頼んだぞ」

と、老獪《ろうかい》な顔をした金右衛門が応じた。

四

伊右衛門は明らかに眠りの足りない顔をしていた。それでも弱音は一切口にせず、

「こんな早くにご足労いただくとは、まことにかたじけのうございまする」

と、丁重に礼をいって、いま熱い茶を淹れるからと台所に下がった。

龍安は居間に腰をおろして、持参してきたにぎり飯を広げた。

雨はやんでいた。

縁側の向こうに広がる竹林は瑞々《みずみず》しく青かった。夜はすでに明けているが、日は射していない。鼠色の雲も低くたれ込んだままだった。

それでも雨あがりを喜ぶ鳥たちの声が聞こえていた。

「これは……」

茶を運んできた伊右衛門が、驚いた顔を龍安に向けた。

「いっしょに食べましょう」

「先生がお作りになったのですか？」

「医者は手先が器用ですから。さあ……」

龍安は自らにぎり飯に手をつけた。

「では、遠慮なく」

伊右衛門も手をのばした。

二人は静かに簡素な朝餉を食べた。

「昨夜のことがあります。土岐家は今日のうちにも、この家を探しだすかもしれません」

「覚悟はしております」

伊右衛門はにぎり飯を頬ばり、茶を口にした。

「あなたには感服します。もし、わたしだったらとてもできることではない」

龍安は伊右衛門を見ながらいった。

「そんなことはありません」

「何もかも主であった森川数右衛門様のため、というわけではないでしょう」

この言葉に、伊右衛門は動かしていた口を止めて龍安を見た。

「佐和様の幸せを願ってのことだというのもわかります。しかし、あなたはもっと重いものを背負っているような気がする」

伊右衛門は茶を飲んで、龍安から視線を外した。

その横顔を見つめる龍安は、この男ともっと早く知り合いたかったと思った。このように芯が強く、忍耐強い男はめったにいない。

それに、人間としての骨がある。男とはこうあるべきではないかと、思わせるのだ。

「先生だから申しましょう。しかし、かまえて他言無用に願います」

伊右衛門は顔を戻していった。

「…………」

「わたしは貧しい郷士の生まれです。本来なら武士にはなれなかったでしょう。それでもなれたのは……」

伊右衛門は言葉を切って、ぐっと唇を嚙んだ。

その目は昔日を偲《しの》ぶように、どこか遠くを見ていた。

「いかがされました」

龍安の問いに、伊右衛門がぶつけるような視線を向けてきた。

「わたしは口減らしをしたのです」

そういって、伊右衛門は重い口を開いた。

「伊助《いすけ》、もう我が家はいかぬ。このままではみな飢え死にを待つだけだ」

父・八右衛門《やえもん》は、伊右衛門の幼名を呼んでそういった。

小さな荒屋だった。板の間の奥には、布団にくるまり、熱にうなされている母がいた。医者にすらかかることができず、母に死期が近づいているのは、少年だった伊右衛門にもわかっていた。

「よいか、おまえは生きろ。岡野家は代々貧しい郷士であった。その昔は戦場を駆けめぐった足軽身分だった。ご先祖様はついに身を立てることができず、いまに至っているが、おまえはその夢を少しでもかなえるのだ」

「…………」

伊右衛門は日に焼けたしわだらけの父を見つめていた。

「百姓仕事など、おまえもしたくなかろう。ほんとうの武士になる気があるなら。いや、おまえにはその気があるはずだ。ちがうか」

「……あります」

伊右衛門はきっぱりと答えた。

「だったらおれのいうことを聞け」

「なんです？」

父・八右衛門は深いため息をついて、しばらく黙っていた。それからもう一度ため息をついて伊右衛門を凝視した。

「おまえにすべてを譲る。畑を売り、江戸に出て剣術修行に励め。誰にも負けぬ技を身につければ、きっと身を立てる機会がやってくる。修行をしながらそのときを待つのだ」

「…………」

「おまえならできる」

「きっとそうなります」

「……いまから畑に行け」

伊右衛門は父のいうことがわからなかった。

きょとんとしていると、八右衛門がつづけた。

「おすみが畑で遊んでいる。……口減らしをしてこい」

伊右衛門は目をまるくした。妹を殺せと、父はいっているのだと気づき、驚きと衝撃を受けた。

「そうしなければ、おまえは生きのびることができぬ。最初の試練だ。やってこい」

伊右衛門はうつむいた。可愛い妹を殺すことなどできないと、膝をわしづかみして、唇を噛んだ。

「どうした。行け、行ってくるんだ。伊助！　おまえのためだ！」

つばを飛ばして怒鳴った八右衛門は、鬼のような形相《ぎょうそう》をしていた。

伊右衛門は父に気圧されるようにして家を飛びだした。だが、とても妹を殺すことなどできないと思った。

畦道《あぜみち》を歩いているうちに、妹の姿が見えた。

野苺《のいちご》を探してはそれをつまんで食べていた。空腹を満たすために覚えた子供の知恵だったが、それは一時しのぎでしかなかった。

家には米はおろか稗《ひえ》も粟《あわ》もなかった。両親も痩せ衰えていれば、おすみも育ちが悪く小さくて華奢《きゃしゃ》だった。

遠くからおすみの姿を眺めているうちに、食うに食えず、この世の地獄を味わいつづけるよりは死んだほうがましだという思いがわきあがった。

(おすみを楽にしてやろう)

伊右衛門は悲愴な面持ちで、おすみのそばに行って声をかけた。

「あれ……。おっかさんは大丈夫?」

おすみは近所に住む百姓の子たちと同じように、両親のことをおっかさん、おとっつぁんと呼んでいた。

「ああ、心配するな。おすみ……」

伊右衛門は迷ってはいけないと思った。そのままおすみのそばに行くと、いきなり突き倒して首に手をかけた。

「なぜ、あんなことができたのか……なぜ、父のいいなりになったのか……あとになって、深く深く悔やみました。しかし、もうそのときは手遅れでした」

話しつづける伊右衛門の目の縁が赤くなっていた。

「……それでもああするしかなかった。まだよくわからない子供だったからといえば、それは逃げることになりますが、わたしはこの手で妹を……殺したのです」

伊右衛門はぐっと奥歯を噛んで口を引き結んだ。

（そうだったのか……）

龍安にはようやく納得がいった。伊右衛門はその苦しみとずっと闘いつづけていたのだと。だから、ときにつらい痛みに耐えている表情をするのだとわかった。

「代わりに、わたしは父のいったとおり、江戸に出て剣術修行に励み、そして知己《ちき》を得て森川数右衛門様に抱え入れられたのです。以来、わたしは殿様に命を預けたつもりで尽くしました。また、殿様もその努力に報いてくださいました」

「……………」

「殿様の意思は必ずや守らなければならない。……何がなんでも」

「佐和様には罪はありませんからね」

はっと、伊右衛門の目が開かれた。

「そうなのです」

「差し出がましいことを申しますが、わたしから見れば、これはつまらぬ私闘に他なりません」

「よくわかっています。だからといって佐和様を見捨てるような真似はできない。また保護を頼む人もいない。先生はいみじくも御番所の力を借りたらどうだとおっしゃいましたが、それができればとうにやっております。しかし、土岐家が佐和様の命を狙っているという証拠はありません。ひそかに行われていることなのです。また、このことが表沙汰になれば、佐和様の将来にも差し支えることになります。改易になった殿様の血を引いていることが知られると、由緒ある家への嫁入りは難しいはずです」

江戸期は、血筋や世間体は現代では想像できないほど重要視されていた。それゆえに、伊右衛門の苦悩は深いのであった。

「なんという非情……」

龍安は腹の底から搾るような声を漏らして、茶に口をつけた。

五

「佐和さん、外に出ていらっしゃいな。日が出てきましたよ。こう雨つづきだと気持ちがくさくさしていけません。さあ、さあ、何をしているんです」

あきは家の中に声をかけた。

「はい、いま行きます」

佐和が下駄音をさせて出てきたが、もうそのとき日は雲に閉ざされたあとだった。

「あれあれ、佐和さんがもたもたしているからお日様が隠れたではありませんか」

「申しわけありません」

佐和は肩をすぼめて頭をさげた。

「いいのです。何もあなたのせいではないのですから……。でも、この空だと雨は当分降らないでしょう。その辺を歩きましょう」

「いいのですか……」

あきは佐和に微笑んでやった。

「なにも遠慮などすることないのです。あなたはなにも悪いことをしていない。そうでしょう」

「……あ、はい」

「さあさあ、まいりましょう、まいりましょう」

あきは佐和の手をつかんで表道にうながした。

龍安がこんなところを見たら、きっと怒るにちがいないと思うが、あきはそんなことは気にしない。たしかに無用心かもしれないが、龍安もきっとわたしなら大丈夫だと思って預けたのだと、あきはいいほうに解釈している。

佐和には町人と同じような着物を着せていた。あきが若いころに着ていた古着ではあるが、孫のような娘にはよく似合っていた。

二人は竪川沿いの河岸道を歩いた。雨がやんだせいか、舟の往来が多くなっていた。猪牙舟に荷舟に平田舟。河岸場には上半身裸の人足たちの姿もある。

雨がやんだ隙に一仕事片づけようというのか、みんなてきぱきと動いている。あちこちで威勢のいい指図の声が飛んでいた。

濡れるのをいやがってしまわれていた暖簾も、商家の入口に掛けられている。燕が視界を切るように飛び交い、濡れた花びらに蝶たちが寄り集まっていた。

「お昼のおかずを買いましょう。佐和さん、あなたが作ってくれませんか」

あきの言葉に、佐和はびっくりしたように足を止めた。

「いかがしました？」

「わたしは料理など……」

「まさか、できないというのではないでしょうね。お姫様ではあるまいし、そんなことではいけません。よし、わかりました。それならわたしが教えてあげましょう」

「ほんとうですか」

佐和の顔がぱあっとあかるくなった。あたかも日の光を浴びて花を開く朝顔のようだった。

「それにしても若いというのはいいですね。化粧をしなくても肌はつやつやしている。ああ、羨ましい、羨ましい。でもね、こんな年寄りでも昔は佐和さんのように若くて美しかったのですからね。アハハハ」

あきの言葉につられたように、佐和も楽しそうに笑った。

二人は一ツ目之橋をわたり、両国東広小路まで足をのばした。

「あれあれ、まあ現金なこと……」

あきがあきれたような声を漏らすと、

「なんでございましょう?」

と、佐和は長い睫毛《まつげ》を動かしてまばたきをする。

「江戸の者は逞《たくま》しゅうございます。雨が降れば、さっさと家の中に引っ込むのに、雨があがれば見てのとおりの客商売ですよ」

いわれた佐和はすんだ瞳を大きくして、両国東広小路の雑踏を眺めた。

大小の見世物小屋があり、呼び込みの声がひきもきらないし、大道芸人や行商人たちが所狭しと市を立てている。

色鮮やかないくつもの幟《のぼり》が、雨あがりの風に翩翻《へんぽん》と揺れていれば、弦歌にあわせたように太鼓の音が暗い空に響きわたる。

あきは垢離《こり》場《ば》の近くにある茶店に佐和を案内した。緋毛氈《ひもうせん》の敷かれた床几に並んで座り、熱い茶をすすった。

水量を増した大川が、目の前を流れている。普段は光にきらめき、清く透きとおった色をしているが、あいにくの雨つづきで水は濁っていた。

「先生とはどうして離れて暮らされるのです?」

佐和が無垢《むく》な顔を向けてくる。

「わたしが邪魔なだけでしょう。それに仕事の妨げになってはいけませんからね」

「でも……親子なのでしょう」

「わたしはひとりのほうが気楽ですから。それに、あの倅《せがれ》は結構親孝行でしてね。わたしが暮らしに困らないように、月々の費《つい》えと小遣いを持ってきます。もっとも親不孝もしていますが……」

「それは……」

「いつまでもやもめを通しています。縁談は捨てるほどあるのですが、聞く耳を持たない馬鹿です」

「馬鹿……」

佐和は驚いたように目をみはる。

「先生はとても賢い人に見えますが……」

「見えるだけですよ。あれはお人好《ひとよ》しの馬鹿です」

あきはいいたいことを、ぽんぽんいって茶を飲む。佐和はそんなあきに驚いたり、感心したりしている。

「あの……」

「なんです？」

あきは佐和の顔を見た。

ああ、若くて美しい、羨ましいと思う。

「お母様はなぜ、わたしのことをお訊ねにならないのですか？」

「なぜって……聞いてもしかたないでしょう。昨夜、大まかなことは聞いていますし……」

「でも気になりませんか？」

「大いに気になっておりますわよ。でもね佐和さん、わたしは気にしません。あなたが幸せになればそれでいいのです。ずいぶん苦労してきたんでしょう。つらいこともあったことでしょう。それでもあなたは立派に生きています。若くて美しくて……もっともっと美しく……あれ、あれ、ほらこれをお使いなさい」

佐和は目にいっぱい涙をためたかと思ったら、大粒のしずくを頰につたわせていた。どうやら佐和の琴線に触れるようなことをいったらしい。

「いやなことをいったかしら……」

あきは佐和の涙をやさしく拭いてやった。きっと傍目《はため》には、年の離れた仲のよい親子に見えるかもしれない。

「お母様はなんでもお見通しなのですね」

佐和はぐすっと鼻をすすって、嬉しそうに笑った。

「そうかしら……」

「初めてなんです。こんなに楽しく過ごせるときがあるとは、思いもしないことでした」

「そう、そういっていただけるとわたしも嬉しいですよ。さあて、それでは昼餉のおかずを買いにまいりましょうか」

「それなら、わたしに選ばせてください。でも、その前に寄りたいお店があります」

「あら、どこかしら？」

と、口にしたあきだが、さっき歩いているときに、佐和が興味を示している店を思いだした。それは、本所松井町にある小さな店だった。

「行けばわかります。さあ、まいりましょう」

佐和がさっと立ちあがって、まぶしいほどの笑みを浮かべた。それからあきに手を差しのべた。

「まあ、手を貸してくださるとは嬉しいことです。これを年寄り冥利《みょうり》というのかしら……」

あきは佐和の手をつかんで、床几から腰をあげた。

# 六

古山と脇坂の指図を受けて動く川端孫兵衛は、法恩寺東側に広がる柳島村に来ていた。鬱蒼とした竹林から流れてくる小川があった。幅二尺ほどの水路といえよう。水は透きとおっていて、ちょろちょろと心地よい音を立てている。

孫兵衛はしゃがみ込んで、両手で水をすくって飲んだ。手の甲で口のあたりをぬぐって、竹林の向こうを何気なく眺めた。

小鳥の鳴き騒ぐ竹林の奥に、一軒の藁葺き屋根が黒い影となって見える。

孫兵衛は空を見あげた。雲は低くたれ込めてはいるが、雨はやんでいる。雲の割れ目には薄日も感じられた。

もう一度、竹林の奥の家に目を戻して、

（あの家は調べが終わっているのだろうか……）

そう思って、孫兵衛は近くで探索をしている古山のもとに戻った。脇坂もそばにいるが、他にも二人の助っ人がいた。これは藤岡金右衛門の命令で、佐和探索に加わった土岐家の若党だった。若党といってももう四十過ぎの男である。

宮竹《みやたけ》という色黒で髪が薄い小柄な男と、根本《ねもと》という相撲取りのような男だった。

「古山さん、この先に竹林がありますが、その奥に一軒の家があります。調べられましたか？」

「竹林に……」

古山は孫兵衛がやってきたほうに目を向け、

「いや、行っておらぬな」

といって、脇坂を見た。

「おれも調べておらぬぞ。そんな家があったか……」

と、脇坂も怪訝そうな顔をする。

古山が行ってみようというので、孫兵衛が案内に立った。さっき水を飲んだ場所まで行き、その先へ歩いて行くと、竹林につづく小さな小径があった。濡れた落ち葉でおおわれた小径はゆるやかに蛇行し、左右を竹に囲まれて切り通しのようになっている。

少しわけいると小川が横たわっていて、その先に藁葺き屋根の家があった。そのあたりだけが開けている。

「おお、こんなところに家があったか。ちっとも気づかなかった」

脇坂が立ち止まって目を光らせた。

その家の雨戸は閉じられていた。戸口も閉まっている。人のいる様子はない。

孫兵衛は周囲に目を向けた。

静かである。風が吹き抜けてゆき、さわさわと竹林を騒がせた。

「調べよう」

古山が足を進めた。孫兵衛もあとにつづいた。


「来たか……」

李《すもも》の木陰に隠れていた龍安は、土岐家の刺客五人を認めて、すぐ先の藪《やぶ》に身をひそめている伊右衛門を見た。意を決した目で見返してきて、小さくうなずいた。

龍安は刀の柄に手を添え鯉口《こいぐち》を切った。

よもやこんなことになろうとは思いもしなかったが、伊右衛門の助太刀を拒むわけにはいかなかった。むしろ、進んでやろうとしている自分に、龍安は気づいていた。

(なぜこんなことに……)

自分に問う龍安だが、伊右衛門の境遇に深く同情しているのだった。また、伊右衛門の思いも成就させなければならないという思いに、駆られているのである。じつの妹を殺《あや》めたことには、少なからず嫌悪を覚えはするが、貧しい家に育った者たちの苦渋の選択だったということも理解できる。

この時代、口減らしはめずらしいことではない。伊右衛門の父親も断腸の思い以上に、それこそ当人でなければわからないほど苦悩し、胸をかきむしるほど煩悶したのだろう。また、二親を知らずに育った佐和にも大いに同情していた。

哀しい性《さが》を背負っている伊右衛門と佐和を、見捨てるわけにいかないのだ。

龍安は抱えている患者のことや、弟子たちのことを忘れているわけではない。また、この戦いで自分がどうなるかわからないということへの不安もあった。

しかし、人には退くに退かれず、

(戦わなければならないときがある)

という一心なのであった。

空をおおっていた雲に割れ目ができ、そこからさっと光が降り注いでいた。竹林に幾条もの木漏《こも》れ日ができた。

伊右衛門が無言のまま立ちあがったのはそのときだった。

すでに抜いた刀を右手にさげている。

土岐家の刺客が気づいた。これは龍安に不意打ちをかけた、脇坂権十郎だった。

「やっ……」

と、脇坂が驚きの声を漏らしたときには、他の者たちも気づいていた。

「やはりここであったか……」

口を開いたのは、川端孫兵衛のそばにいた男だった。中肉中背で、色白だ。一重の細い目が鋭い。その男に向かって、

「古山勘助殿であるな」

と、伊右衛門がいった。

「佐和はどこだ?」

「おぬしらには指一本触れさせはせぬ」

「ならば、力ずくでお命頂戴するまでだ」

古山が刀を抜いたと同時に、伊右衛門が敏捷《びんしょう》に駆けた。

土岐家の刺客たちも刀を抜き、身構える。それぞれの刀が、木漏れ日をはじき返し、竹林にいた鳥たちが一斉に羽ばたいた。

伊右衛門が古山に撃ちかかったとき、龍安も他の刺客めがけて突進していった。

まず目の前に立ち塞がったのは、相撲取りのように大きな男だった。

龍安の突きを体に似合わない身のこなしで避けると、真向こうから一太刀浴びせて

きた。龍安は下からはねあげると、すばやく背後に下がり、八相に構えた。

相手は青眼に構えなおして、ずい、ずいと間合いを詰めてくる。

龍安は柄をにぎる手から、すっと力を抜いた。そのまま軽く刀を持ったまま、送り足で右にまわり、袈裟懸けに撃ち込んできた相手の一撃をかわしざまに、胴を抜いた。

「うぐっ……」

大男は目を剝き、振り返ったが、脇腹のあたりに血が広がっていた。それでも龍安に反撃しようとしたが、刀を振りあげたところで、片膝を地につけて倒れた。

龍安にそれを見てる暇はなく、背後からかかってきた男の刀を頭上で受けた。右手で刀の柄を持ち、左手を刀の棟に添えていた。

これは脇坂権十郎だった。太い眉の下にある双眸を血走らせ、歯を食いしばっている。

龍安は左にすり落とすようにして、背後に下がった。すぐさま脇坂の刀が横なぎに振られてきた。

刀は竹をすっぱり切り落とした。濡れた篠葉をつけた竹が飛沫《しぶき》をあげて倒れた。

それを飛び越えて龍安は脇坂に反撃をした。上段からの撃ち込みである。

脇坂は横に半間動き、龍安の左肩に一刀を見舞ってくる。龍安は体を右にひねって、下から刀をすりあげたが、両者の間にあった竹をすっぱり切っただけだった。

脇坂の顔に木漏れ日がまだらな影を作っていた。

龍安の顔はせせらぎの照り返しを受けていた。

伊右衛門は他の者たちと戦っていたが、龍安にはそれを見ている暇も、また助太刀に行く暇もなかった。

脇坂が突きを送り込んできた。龍安はのばした剣尖をからめるように下にすり落とし、逆袈裟に振りあげた。

ぴっと血飛沫が散った。脇坂の左肩をはね斬っていたが、それは皮膚を削《そ》いだ程度だろう。それでも脇坂の顔にわずかな苦痛と、怒りがあらわれていた。

背後で悲鳴がした。誰のものともわからない。

その刹那、脇坂が一気に間合いを詰めて大上段から撃ち込んできた。龍安は左斜め前に足を踏み込みながら、刀を横に振り抜いた。

肉をたたき斬ったたしかな手応え。すぐさま振り返り刀を振りあげた。脇坂がよろけながら顔を向けてきたが、そのときすでに龍安の愛刀・会津兼定《あいづかねさだ》は、脇坂の後ろ右肩から背骨を断ち斬っていた。

「う、うっ……」

脇坂は小さな小川に片膝をつき、刀を杖に立ちあがろうとしたが、そこで力を失ったように、ざばりと水の中に突っ伏した。

清らかな水が鮮血に染められた。

龍安は肩を激しく上下に動かして、脇坂の屍《しかばね》を束の間見下ろした。それから、伊右衛門に目を向けた。古山が伊右衛門の脇をすり抜けるようにして刀を振った。

伊右衛門はすばやい身のこなしで、古山の斬撃をかわし、大きく弧を描くように動かした刀を唐竹割《からたけわ》りに振り下ろした。

古山は下がってかわそうとしたが、一瞬だけ間に合わず、眉間を薄く斬られていた。じわりと浮かんだ血は、すぐにわきあがり、鼻の脇をしたたるように伝わった。

古山の顔に怯《ひる》みが刷かれていた。伊右衛門は躊躇いもなく間合いを詰めると、撃ち込んでこようとした古山の脇腹を突き刺し、そのまま腰を入れて押した。

古山はたまらず後ろにさがったが、そのまま尻餅をつくように倒れた。そのせいで古山の脇腹に刺さった刀が抜け、またたく間に着物を黒く染めていった。

残っている川端孫兵衛が伊右衛門の背後から撃ちかかろうとしていたが、その前に龍安が立ち塞がって対峙した。

互いに青眼である。龍安のそばに返り血を浴びて、顔をまっ赤に染めている伊右衛門が立った。

孫兵衛は踏み込もうとしていた足を後ろに引き、じりじりとさがった。対する龍安と伊右衛門が間合いを詰める。

周囲があかるくなっていた。雲の隙間に日がのぞいたのだ。

孫兵衛の顔に浮かぶ汗が、日の光にまぶしく光った。しかし、その顔には焦りと怯《おび》えが浮かんでいた。

龍安が爪先でじりっと間合いを詰めたとき、

「ま、待ってくれ」

と、孫兵衛が半間ほど飛び退いていった。

「…………」

「せ、拙者は頼まれただけだ。き、斬り合うつもりはない」

孫兵衛はそういうなり、手にしていた刀を放るように捨て、

「斬らないでくれ。まだ、死にたくはない。これ、このとおりだ」

と、いうなり両膝を地につけ、懇願するように手を合わせた。

無様である。

しかし、もはや龍安にも伊右衛門にもそんな男を斬る気持ちはなかった。

「お、お助けを……どうか、お助けを……」

孫兵衛は半べその顔になって土下座をした。

龍安は伊右衛門と顔を見交わして刀をおろし、

「たしか、川端孫兵衛といったな」

と、問うた。

「はい」

孫兵衛の顔があがった。

「このこと他に漏らさないと約束するなら見逃してやる」

いったのは伊右衛門だった。

「いいません。かまえて他言いたしません。神にかけても誓いまする」

「頼まれたといったが、どういうことだ?」

孫兵衛は古山と脇坂に頼まれた経緯を手短に話し、土岐家の用人・藤岡金右衛門がすべての指図をしているといった。

「いかがします」

孫兵衛の話を聞き終えたあとで、龍安は、伊右衛門を見た。

「ここにある死体を片づけるのだ。人目につかぬようにしたほうが双方のためだ」

伊右衛門はそう命じると、血ぶるいをかけた刀を懐紙でぬぐった。

「やります。なんでもやります」

孫兵衛は救われたという顔を、龍安と伊右衛門に向けた。

七

昨日までとは打って変わっての天気だった。雲はありはすれど、それも空の片隅に押しやられた恰好で、江戸は青空におおわれていた。

鳶《とび》が笛のような声を降らしながら気持ちよさげに舞っていれば、燕たちは大川の水面をかすめるように飛んでいた。

「先生、これで三日も仕事を休むことになりますよ」

龍安のそばについている久太郎が首をかしげながらいう。

「よいから黙ってついてこい。おまえはなにかと口数が多くていかん」

「そんなにうるさくしゃべっていないではありませんか」

「それがいかんというのだ」

久太郎は亀のように首をすくめて、精蔵を見る。

龍安は精蔵と久太郎を連れて、岡野伊右衛門が隠れ家にしていた家に向かっているのだった。

佐和の嫁ぎ先である福原家から使いがやってきたのは昨日のことだった。土岐家の刺客と戦った翌日のことである。

そして今日、福原家から佐和の迎えが来ることになっていた。龍安はもう土岐家の襲撃はないと思っていた。

大旗本といえど土岐正之は、所詮大名ではない。抱えている家来にもかぎりがある。金を使って新たな刺客を送り込むにしても、それには時間がかかるはずだ。

それでも龍安は最後の最後まで気をゆるめてはならないと思い、佐和と伊右衛門を見守ることにしていた。精蔵と久太郎に供をさせるのも土岐家の出方を見るためであった。

万が一のことがあれば、精蔵と久太郎には助をしてくれる町の者を集めて騒ぎを起こさせる覚悟だった。土岐家も衆人の前では、おそらく手は出せまい。

龍安は歩きながら、佐和のことをざっと話し、自分の考えを二人に伝えた。もっとも佐和や土岐家と森川家の確執については、話を省いた。ただ、佐和の嫁入りを阻止する邪《よこしま》な輩がいるといっただけであった。

「近ごろの先生はどうもおかしいと思っていたんです。そうならそうと早くいってくれればよかったのに……」

久太郎がむくれ顔をする。

「話せることならとうにしている。だが、おまえは口が軽いからな」

「かァー、先生も口が悪いや」

「久太郎、わたしも詳しいところまではわからぬが、きっと込み入ったことがあるのだ」

精蔵がわけ知り顔をする。

深く問い詰めてこないところは、久太郎より年の功であろう。

「それにしてもよい日和《ひより》である」

そうつぶやく龍安は、早く佐和の晴れ姿を見たいと思った。

「先生のお母様といったら、なんでもご自分でなさるの。伊右衛門のようにわたしに遠慮などなさらないし……」

佐和は昨夜から、なにかと龍安の母親のことを口にしていた。

「よほど先生のお母様を、お気に召したようですね」

伊右衛門は早く佐和に支度をさせたいと思っていた。福原家の迎えは昼前にはやってくることになっていた。

「とてもよい人です。もっといっしょにいたかったのですけれど……。そうそう」

佐和はパンと手を打ち鳴らして、なにかを思いだしたように目をみはった。

「なんでございましょう」

「料理もできなければ、お片づけもあまりできないわたしを、ひとつだけ褒めてくださったことがあります」

「………」

「縫い物です。わたしの針の運びは上手だとおっしゃいました」

「ほう、それはたしかでしょう。佐和様は縫い物がお好きですから……」

「他にやることがなかったからです」

佐和は少し拗ねた顔をしたが、

「そうだ伊右衛門、少しここにいてください」

といって、自分の部屋に足早に引っ込んだ。

伊右衛門は表に目を向けた。湿っていた木々の葉が乾き、青い竹林は明るい日射しに包まれていた。

もうこの家で佐和と過ごすことはないのかと思うと、一抹の淋しさを覚えた。

「伊右衛門」

佐和がそばに戻ってきた。袱紗《ふくさ》に包んだものを手にしていた。

「これを……」

佐和は伊右衛門の前に座ると、袱紗包みを差しだした。

「なにか伊右衛門に贈りたいと思っていたのですが、先生のお母様と歩いているときに見つけたのです。さあ、見てください」

伊右衛門は目をしばたたいてから、袱紗をゆっくり開いた。

一本の扇子があらわれた。渋茶の紙に金銀箔の海老の彩画、骨は渋い溜塗《ためぬり》。留金は金でできていた。派手さはないが、雅で趣のある扇子だった。

「扇子は末広がりと申します。きっとこの扇子のように末広がりに、この先がよくなればと思います」

「こんな素晴らしいものを……」

「大事に使っておくれ」

「……はい」

伊右衛門はさも大事そうに、もらった扇子を帯に挟んだ。佐和はまぶしそうに伊右衛門を眺めた。

「よく似合いまする」

「ありがとう存じます」

伊右衛門は両手をついて礼をいい、

「そろそろお支度をお願いします」

といった。

「わかっております。伊右衛門、ほんとうにお別れなのですね」

伊右衛門はまっすぐ佐和を見た。

「佐和様はこれからお幸せになるのです」

「わたしは、これまでも幸せでありましたよ。ほんとうです。伊右衛門と過ごした年月を忘れることはできません。よくぞわたしを育ててくださいました」

「…………」

「伊右衛門の作ってくれたけんちん汁は、殊の外おいしかった。みそ汁も煮物もなにもかもおいしゅうございました。洗濯も掃除もよくやってくれましたね。わたしは伊右衛門から受けた恩を、何も返すことができない」

「そんなことはありません。佐和様が幸せになられることが、なによりの望みなのです」

「伊右衛門、わたしは父の顔も母の顔も知りません。でも、わたしの父は……伊右衛門、あなたです。母も、あなたです」

佐和の目の縁が赤くなったと思ったら、みるみるうちに涙があふれた。それでも佐和は伊右衛門から目を離さずに言葉をついだ。

「わたしがこの世で誰よりも慕っているのは、伊右衛門、あなたですよ」

「……ありがたき幸せ」

「伊右衛門、抱いてください。わたしをそっと抱いてください」

佐和はそういって膝をすって近づくと、伊右衛門の胸に頬を埋《うず》めた。伊右衛門はその華奢な肩に手を置き、片手を佐和の背中にまわした。

二人はそのまま動かずに、互いの息づかいを聞いていた。佐和のぬくもりが伊右衛門の体にしみ込んできた。

しばらくして、佐和がつぶやくような声を漏らした。

「いつまでも達者でいてくださいよ」

「……佐和様も」

伊右衛門はそっと佐和を離すと、

「さあ、そろそろ支度を……」

といった。

佐和が着替えに自分の部屋に入ると、伊右衛門も自室に引き取って着替えにかかった。

思いがけず佐和にもらった扇子を広げ、しげしげと眺めた。

（よい品だ。それにしても、こんな目利きがあるとは……）

伊右衛門は口の端に笑みを浮かべ、日射しの降り注ぐ表を見た。


「先生、あれでは……」

久太郎の声で、龍安は表道から入ってきた乗物を見た。

町駕籠ではない、立派なものだった。乗物駕籠を担ぐ六尺と呼ばれる人足は四人、付き添いの侍が二人と小者がひとりついていた。

先頭を歩いてくる紋付き羽織の侍が、龍安らに気づき、

「森川佐和様のお宅はこちらでまちがいなかろうか？」

と、声をかけてきた。

「この道を入った先にあります」

龍安が慇懃《いんぎん》に応じると、そこで乗物が下ろされ、龍安に声をかけた侍と小者が、竹林を縫う小径に入っていった。

龍安たちは邪魔にならないように道の端にさがり、佐和がやってくるのを待った。

久太郎が何かをいいかけようとすると、精蔵が口に指を立てて窘《たしな》めた。

やがてさっきの侍と小者が戻ってきた。そのあとから角隠しに白無垢姿の佐和がやってきて、最後に紋付き羽織姿の伊右衛門があらわれた。

佐和はそのまま乗物にいざなわれたが、はたと龍安に気づき、

「お母様にお礼をお伝えください。とても楽しいときを過ごさせていただいたと……」

そういって小さく頭をさげた。

「承知いたしました」

龍安も頭をさげた。

「きれいな人だなァ……」

久太郎がぽかんとした顔でつぶやいた。

佐和はそのまま乗物に収まった。黒塗り網代《あじろ》組みの乗物は、内側を朱と金箔で装飾してあった。

「お待ちを……」

佐和は屋根に打ちあげられていた簾《すだれ》を下ろそうとした侍の手を止めた。その目は伊右衛門に注がれていた。

「伊右衛門、お名残惜《なごり》しゅうございます」

「………」

伊右衛門は口を引き結んだまま小さく頭をさげた。

「いつかまた会えますね」

「はは……きっと……」

佐和の目に涙が光った。

福原家の者が伊右衛門を見てうなずき、簾を下ろした。

そのまま乗物は担ぎあげられ、ゆっくりと離れていった。伊右衛門はそのあとをしばらくついていった。龍安たちもつづいた。

乗物は表道に出ると、どんどん遠くに離れていった。

龍安は佐和の乗った乗物を、いつまでも見送っている伊右衛門の広い背中を見つめていた。と、その肩が小さくふるえているのに気づいた。

迂闊《うかつ》……。

龍安の目頭が熱くなった。

涙を堪《こら》えるために、空をあおぎ見て、

「岡野さん、めでたき青空ですよ」

といった。

伊右衛門も背を向けたまま、空をあおぎ見た。

八

「すまぬ。役目を果たすことができなかった」

川端孫兵衛は膝を揃えて、妻のおみつに頭をさげた。

「……いいのですよ。世の中は万事うまくはいきませんからね」

おみつは口許にやわらかな笑みを浮かべて、ゆっくり前垂れを外して丁寧にたたんだ。台所の窯《かまど》で焚《た》かれている火がくすぶり、煙が霧のように二人の間に流れてきた。

それが格子窓からはいる西日に浮かびあがった。

「許してくれるのか？　おまえの夢をかなえることができなかったのだ。おれは嘘をついたようなものではないか……」

「そんなに気になさらないでくださいな。わたしはこれまでと変わらずに暮らしていくだけです。あなたもそれは同じではありませんか」

「いや、ちがうのだ」

おみつはきょとんとなって、首をかしげた。

「よく聞いてくれ。おれは元は百姓だ。それが背伸びをしてなんとか侍になった。いや、自分で侍だといっているにすぎないのではあるが……。剣術の稽古を積んで、それなりの腕前にもなった。しかしな、それ以上のことはできないとわかった」

「……………」

「おれには侍は向かないとわかった」

おみつは忙《せわ》しくまばたきをして、うなだれて話す孫兵衛を見つめた。

「やめる。おれは侍をやめる」

孫兵衛はきっぱりといって、おみつをまっすぐ見た。

「やめて商売でもなんでもする。侍になるのに、どれだけの苦労をしたか……。それと同じような苦労をすれば、なんでもできるはずだ。そうは思わないか」

「刀を捨てるのですか？」

「捨てる。おれは侍にはなれない男だった。武士には向かない男だ。おみつ、そんなだらしのない亭主だが、ついてきてくれるか」

おみつは満面に笑みを浮かべた。

「なにをおっしゃいますか。あなたがそうしたいなら、そうすればよいのです。商売人になるなら、そうすればよいのです。わたしもできることは何でもします」

「おみつ、かたじけない」

孫兵衛は膝をすっておみつに近づくと、手を取ってやわらかく包み込んだ。

「苦労をかけるが、これからも頼む」

「はい。しっかり承知いたしましたよ」

あかるく応じたおみつに、孫兵衛はようやく頰をゆるめた。

(いい女房をもらってよかった)

しみじみと思った。


左官の安次の女房・たきが、医書の書き写しを持ってきたのは、その日の暮れ方だった。いつものように背中に幼いきよをおぶってのことだ。

「ほう、おまえさんは仕事が早いな。それに字も丁寧で感心するばかりだ」

龍安が褒めてやると、たきは照れたようにうつむく。

「では、また頼まれてくれるか」

龍安が新しい医書に手をのばそうとすると、

「それが、先生……」

と、申しわけなさそうな顔を向けてくる。

「いかがした？」

「はい、この子がいてもできる仕事が舞い込んできたんです。大家さんが心配してくだすって話をしてくれたらしく、神田の呉服屋さんから仕立て仕事をもらうことになりました。せっかく先生が親切にしてくださっているのに、申しわけないのですが……」

「ほう、それはよかったではないか。仕立て仕事なら家でもできるだろうし、赤子の面倒も亭主の面倒も見られる。なるほど、それはよいことだ」

龍安はそういいながら内心で胸をなで下ろしていた。たきはよくやってくれるが、医書の書き写しにはかぎりがある。蔵書は少なくないが、まだ龍安自身読みの足りない本もあり、付け紙をする箇所の調べには時間を要すると考えていた。

「許してくださいますか？」

「許すもなにも、よい話をわたしが邪魔をするわけにはいかぬだろう。面倒見のよい大家でよかったな」

「はい」

「ところで安次の具合はどうだ？」

「足のほうはまだ不自由しておりますが、腕のほうはずいぶんよくなっているようです」

「あれはまだ若いから治りは早いはずだ。わたしは半年はかかると脅したが、三月もすれば元どおりになるかもしれぬ。無理をしないようによくいっておけ。近いうちに具合を見に行く。酒は飲んでおらぬだろうな」

「飲みたくても、そんな余裕はありませんから、我慢させております」

「それならもう少し我慢をさせておけ。では、これまでの手間賃を払っておこう」

龍安は書き写しの手間賃を余分に包んでたきにわたした。

たきが帰っていくと、久太郎が熱い茶を持ってきた。

「先生、おたきさん、ずいぶん嬉しそうな顔をして帰っていきましたね。また先生のことだから余分に金をわたしたんでしょう」

「おまえの心配することではない」

「まったくわたしには愛想が悪いんだから」

「おまえがいらぬ口をたたくからだ」

「そうですかねえ……」

久太郎は解せない顔で居間のほうに戻っていった。

龍安は熱い茶に口をつけて、庭に目を向けた。

ずっと伊右衛門のことが気になっていた。いまごろどうしているだろうかと、今日の別れ際に見せた伊右衛門の暗い顔が思いだされた。

佐和との別れがよほど応えているのだろうと、あのときは思ったが、時間がたつにつれ、そうではないかもしれないと思いはじめていた。

伊右衛門は、自分を一人前の武士として受け入れた数右衛門に対する忠義心が厚く、その遺志を継いで、佐和を育てあげた。

それが彼の使命であり、生き甲斐だったはずだ。

しかし、その目的と数右衛門に対する忠義を果たしたいまの心境は……。

龍安は夕日の射す庭に目を注ぎつづけた。

伊右衛門は実の妹を殺したという罪の意識が、心の底に傷のように残っている。おそらくその傷は死ぬまで癒えないだろう。

（もしや……）

龍安ははっと表情をこわばらせた。

主の数右衛門を失った家人たちは、その遺恨を晴らすべく、土岐正之を討ちにゆき、ことごとく果てている。残ったのは伊右衛門だけである。

（いかん）

龍安は居ても立ってもいられなくなった。差料をつかむと、

「久太郎、出かけてくる。夕餉は勝手にやっておれ」

といって、家を飛びだした。

久太郎の慌てた声が追いかけてきたが、返事をする余裕はなかった。

土岐正之の屋敷は麴町一番町だと聞いている。たしか鍋割坂の近くだったはずだ。

足を急がせる龍安はときどき暮れゆくを空を見た。茜色《あかねいろ》の雲が浮かんでいたが、それもだんだんに色が失《う》せている。

息を切らしながら九段坂を上ったときには、紫紺色の空に星がちらついていた。

自分の早合点ならよいが、伊右衛門が早まったことをしなければよいがと、祈るような気持ちで歩きつづけた。

お城を囲む内堀は、油を流したように暗く静かである。その水面が星あかりを受けている。龍安は堀沿いの道から一番町の武家地に入った。このあたりは旗本屋敷ばか

りで、どこも立派な門構えである。

龍安は辻番人に、土岐家の屋敷を教えてもらい、近くを歩いた。伊右衛門の姿はどこにもなかった。土岐家の門前にまわり、

「お頼み申す、お頼み申す！」

と、はばかりもなく声を張った。

しばらくして門脇の潜《くぐ》り戸が開き、小者らしき男が出てきた。

「何用でございます？」

「率爾《そつじ》ながら訊ねるが、土岐正之様はご在宅であろうか？」

「殿様ならお出かけです」

「戻りは？」

「さあ、半刻後か一刻後か……。いずれの方でございましょう」

「殿様の行き先は？」

相手の問いには答えず、問い返した。

「さあ、それはわかりません。それで、いずれの方で……」

龍安はもう背を向けて歩きだしていた。

しばらく行って、土岐家を振り返った。夜闇に包まれた広壮な屋敷が黒く象《かたど》られて

いる。門も立派であれば、屋敷を囲む塀も堅牢だった。その塀の向こうに枝振りのよい松がのぞいている。

龍安は柳島の例の家に行くべきだったのではないかと後悔したが、いまそっちに向かえば途中で伊右衛門とすれ違うかもしれない。いずれにしろ自分の推量が外れていなければ、伊右衛門は土岐家にやってくるはずだ。

龍安は時間をつぶすことにした。

どこか遠くで時の鐘が鳴っていた。それは、宵五つ（午後八時）を告げていた。

鐘音は星空へ吸い込まれていった。

それからしばらくして、一挺の駕籠が通りの向こうに見えた。供の侍の提灯が二つ。駕籠は徐々に姿を大きくした。龍安が目を凝らしていると、脇の小路からひとつの影があらわれ、道に立った。

龍安は、はっと目をみはった。

九

駕籠は道に立った影に近づきつつある。その男は襷《たすき》をかけていた。頭に白い鉢巻き。

伊右衛門だった。

（やはり……）

龍安は伊右衛門に駆けよって声をかけた。

「岡野さん。しばしお待ちを……」

伊右衛門が驚いたように振り返った。

「なぜ、ここに？」

「それより、早まってはなりません」

駕籠はどんどん近くなっている。

「邪魔立て無用」

「なりません」

龍安は伊右衛門の腕を押さえて、脇の小路に押しやろうとしたが抗われた。

「放せ！　そなたには関わりのないことだ」

「こんなことをしてなんのためになります。忠義のためですか？　それだったらとんだ勘違いですぞ」

「なにッ」

闇の中で伊右衛門が目を光らせた。

「妹御を殺めた罪の意識から逃れるためですか？　それとも森川家の忠義なる家人《けにん》たちのあとを追うためですか？　佐和様の輿入れも決まり、あなたは役目を果たされた。しかし、それで終わりではないはず」

「む……」

「あなたは逃げてはならない。生きるはずだった妹御の分も生き、佐和様が真に幸せになられる姿を見届ける役儀もあるのではございませんか。ここでまちがいを起こせば、誰よりも佐和様が悲しまれる。森川数右衛門様への忠義をまっとうするなら、生きるべきです。誤ってここで命を落としてはなりません。もし、落とさなかったとしても、今度こそお上の手がのびます。そうなったらいかがされます」

「ご託だ」

「ちがうッ」

龍安は強く遮った。伊右衛門の両腕を必死につかんでもいた。

「あなたは苦しみ耐えてきた。もう十分だ。十分ではありませんか。苦痛のあとには楽がある。幸せがあるかもしれない。ひっそりと生きのびても、誰も咎めはしない。むしろ喜んでくれる人がいる。少なくともひとりは……」

龍安と伊右衛門は強くにらみあった。伊右衛門は刀の柄に手をかけていたが、その腕から力が抜けていくのがわかった。

「生きろと申されるか……」

「生きるのです。生きることから逃げて、責めを解き放とうとするのは卑怯」

「卑怯……」

「そうです。死ぬことは卑怯です。あなたなら生きることができる。いや、生きなければならない」

ふっと、伊右衛門は肩の力を抜いた。

そのとき、背後を駕籠が通りすぎていった。

伊右衛門はしばらく龍安の肩越しに遠くを見ていた。もう駕籠の気配はなかった。人の足音も聞こえなくなった。

「先生には負けました。……礼を申します」

「………」

「おっしゃるとおりだ。わたしは逃げようとしていた」

「………」

「……先生、生きることにいたします。この身が痩せさらばえ朽ちるまで生きましょう」

そういった伊右衛門の目から、突如、涙が噴きこぼれた。

「よくぞ、よくぞ……」

龍安の声は涙声になっていた。もう、先の言葉を口にすることはできなかった。

二人は揃ったように夜空を見あげた。それはどこまでも広く、幾千ものきらめく星たちをちりばめていた。

# あとがき

いきなりではあるが、だれしも一度は「死にたい」と思ったことがあるだろう。その動機は、恋に破れて、あるいは大借金を抱えて首がまわらなくなった末、ひたすら努力してきたにもかかわらず夢がかなわなくなったときなどと、人それぞれであろうが、多くはどうしようもない失意の念に駆られたときだと思う。

かくいうわたしもそんな経験がある。しかし問題は、どうやって死ぬかだ。

飛び下り……。高所恐怖症のわたしは高台に立っただけで腰を抜かしてしまうだろう。

首吊り……。苦しそうだし、死んだあとはとても醜いらしい。それはいやだ。

入水……。きっと、泳いでしまうだろう。

毒……。アルコールに混ぜれば飲めるかもしれないが、飲んだ矢先に吐きだしてしまいそうだ。

結局、自殺などできない。死にきれない。死にたいと思うが、それは思うだけで終わり。ほとんどの人がそうだと思うし、命を粗末にしてはならない。死ぬ勇気があれば、それだけの気概で生きればいい。死んだ気になってやれば、たいていの困難は乗りきることができるはずだ。

しかし、武士の世界には「切腹」という慣習があった。腹を切るのである。しかも、自分でやるのだ。

ためしに、包丁を自分の腹にあててみる。チクッと皮膚に感じただけで、鳥肌が立ち身ぶるいをする。とてもできそうにない。無理無理、絶対無理だ。

ほんとうに自殺する人は、思いつめて思いつめきって、冷静さを保つことができず、本来の自分を見失って死ぬのだろう。正常な精神状態ではとてもできないことだと思う。

しかし、武士は自分の腹を切ったのです。しかも、傍目には死ぬことはなかろうと思うのに、腹を切って果てる。それは、身の潔白を証すためだったり、責任を取ってのことであったり、忠義を果たすためだったりと、あくまでも己の生き様はこうであったと示すためである。

もちろん、切腹という罪刑は別にしてのことだが、恐ろしいことに「切腹」とは、ある種の「美」であったのかもしれない。

この「あとがき」を先に読んでいる方には種明かしはしないが、本作には、そんな男を登場させた。彼はある使命を与っている。その使命を全うしなければならない。しくじれば、切腹覚悟である。

己という自我を抑えに抑え、大切な人のために誠心誠意尽くしきる。おお、なんという気高き心意気！　物語はそれでだけではありませんが、堪能していただきたい。付け加えるなら、手許にハンカチかタオル、あるいはティッシュが必要かも……。

稲葉　稔

# 稲葉稔〈時代・歴史作品〉リスト（2012年3月現在）

【単発作品】

大村益次郎　軍事の天才といわれた男　PHP研究所　1998・1

開化探偵帳　竜馬暗殺からくり　PHP研究所　1999・8
（2010年6月、PHPより「『竜馬暗殺』推理帖」と改題の上、文庫化）

思案橋捕物暦　学研M文庫　2004・12

大江戸人情花火　講談社　2007・7

（2010年7月、講談社より文庫化）

隠密拝命　八丁堀手控え帖　講談社　2008・10

（2011年12月、講談社より文庫化）

囮同心　深川醜聞始末　講談社　2010・3

圓朝語り　徳間書店　2011・6

【シリーズ作品】

●「鶴屋南北隠密控」シリーズ

鶴屋南北隠密控　学研M文庫　2002・7
紫蝶朧返し　鶴屋南北隠密控　学研M文庫　2003・7
恋の闇絡繰り　鶴屋南北隠密控　学研M文庫　2004・2

●「八州廻り浪人奉行」シリーズ

八州廻り浪人奉行　廣済堂文庫　2003・9
血煙箱根越え　八州廻り浪人奉行　廣済堂文庫　2004・5
血風闇夜の城下　八州廻り浪人奉行　廣済堂文庫　2004・10
風雲日光道中　八州廻り浪人奉行　廣済堂文庫　2005・3

●「闇同心・朝比奈玄堂」シリーズ

必殺情炎剣　闇同心・朝比奈玄堂　コスミック・時代文庫　2003・11
風雪斬鬼剣　闇同心・朝比奈玄堂②　コスミック・時代文庫　2004・4
人情恋慕剣　闇同心・朝比奈玄堂③　コスミック・時代文庫　2004・7
残照恩情剣　闇同心・朝比奈玄堂④　コスミック・時代文庫　2004・10
哀切無情剣　闇同心・朝比奈玄堂⑤　コスミック・時代文庫　2005・2

**●「闇刺客御用始末」シリーズ**

天誅！外道狩り　闇刺客御用始末　ベスト時代文庫　2004・12
幽霊裁き　闇刺客御用始末　ベスト時代文庫　2005・9

**●「隠密廻り無明情話」シリーズ**

宿怨　隠密廻り無明情話　廣済堂文庫　2005・7
悪だくみ　隠密廻り無明情話　廣済堂文庫　2005・12
肥前屋騒動　隠密廻り無明情話　廣済堂文庫　2006・4
身代わり同心　隠密廻り無明情話　廣済堂文庫　2006・8
地蔵橋の女　隠密廻り無明情話　廣済堂文庫　2007・1

**●「龍之介よろず探偵控」シリーズ**

くらやみ始末　龍之介よろず探索控　コスミック・時代文庫　2005・8
わかれ雪　龍之介よろず探索控　コスミック・時代文庫　2005・12
残りの桜　龍之介よろず探索控　コスミック・時代文庫　2006・6

**●「研ぎ師人情始末」シリーズ**

裏店とんぼ　研ぎ師人情始末　光文社文庫　2005・8
糸切れ凧　研ぎ師人情始末（二）　光文社文庫　2006・4

うろこ雲　研ぎ師人情始末（三）　光文社文庫　2006・10
うらぶれ侍　研ぎ師人情始末（四）　光文社文庫　2007・4
兄妹氷雨　研ぎ師人情始末（五）　光文社文庫　2007・8
迷い鳥　研ぎ師人情始末（六）　光文社文庫　2007・12
おしどり夫婦　研ぎ師人情始末（七）　光文社文庫　2008・4
恋わずらい　研ぎ師人情始末（八）　光文社文庫　2008・8
江戸橋慕情　研ぎ師人情始末（九）　光文社文庫　2008・12
親子の絆　研ぎ師人情始末（十）　光文社文庫　2009・6
濡れぎぬ　研ぎ師人情始末（十一）　光文社文庫　2009・9
こおろぎ橋　研ぎ師人情始末（十二）　光文社文庫　2009・12
父の形見　研ぎ師人情始末（十三）　光文社文庫　2010・4
縁むすび　研ぎ師人情始末（十四）　光文社文庫　2010・8
故郷がえり　研ぎ師人情始末（十五）　光文社文庫　2011・1

●「本所見回り同心」シリーズ

ぶらり十兵衛　本所見廻り同心控　大洋時代文庫　2005・12
橋上の決闘　本所見廻り同心　ベスト時代文庫　2006・12

●「武者とゆく」シリーズ

武者とゆく　講談社文庫　2006・4
闇夜の義賊　武者とゆく（二）　講談社文庫　2006・12
真夏の凶刃　武者とゆく（三）　講談社文庫　2007・8
月夜の始末　武者とゆく（四）　講談社文庫　2007・12
陽月の契り　武者とゆく（五）　講談社文庫　2008・7
武士の約定　武者とゆく（六）　講談社文庫　2009・3
夕焼け雲　武者とゆく（七）　講談社文庫　2009・12
百両の舞い　武者とゆく（八）　講談社文庫　2010・12

●「問答無用」シリーズ

問答無用　徳間文庫　2007・5
三巴の剣　問答無用　徳間文庫　2007・8
鬼は徒花　問答無用　徳間文庫　2007・11
亡者の夢　問答無用　徳間文庫　2008・5
孤影の誓い　問答無用　徳間文庫　2008・11
雨あがり　問答無用　徳間文庫　2009・8
陽炎の刺客　問答無用　徳間文庫　2010・3
流転の峠　問答無用　徳間文庫　2010・9

●「影法師冥府葬り」シリーズ

父子雨情　影法師冥府葬り　双葉文庫　2007・6
夕まぐれの月　影法師冥府葬り　双葉文庫　2007・9
雀の墓　影法師冥府葬り　双葉文庫　2008・2
なみだ雨　影法師冥府葬り　双葉文庫　2008・9
冬の雲　影法師冥府葬り　双葉文庫　2009・2
鶯の声　影法師冥府葬り　双葉文庫　2009・7

●「俠客銀蔵江戸噺」シリーズ

旅立ちの海　俠客銀蔵江戸噺　ハルキ文庫　2008・1
望郷の海　俠客銀蔵江戸噺　ハルキ文庫　2008・6
惜別の海　俠客銀蔵江戸噺　ハルキ文庫　2009・1

●「糸針屋見立帖」シリーズ

韋駄天おんな　糸針屋見立帖　幻冬舎時代小説文庫　2008・6
宵闇の女　糸針屋見立帖　幻冬舎時代小説文庫　2009・4
逃げる女　糸針屋見立帖　幻冬舎時代小説文庫　2010・2

●「町火消御用調べ」シリーズ
町火消御用調べ　ハルキ文庫　2009・10
片想い橋　町火消御用調べ　ハルキ文庫　2010・6

●「不知火隼人風塵抄」シリーズ
疾風の密使　不知火隼人風塵抄　双葉文庫　2010・2
波濤の凶賊　不知火隼人風塵抄　双葉文庫　2010・7
黒船攻め　不知火隼人風塵抄　双葉文庫　2010・11
葵の刃風　不知火隼人風塵抄　双葉文庫　2011・3

●「八州廻り浪人奉行」シリーズ
★「八州廻り浪人奉行」シリーズ（廣済堂文庫）を大幅改稿の上、改題した新装版です。
天命の剣　八州廻り浪人奉行　双葉文庫　2010・5
斬光の剣　八州廻り浪人奉行　双葉文庫　2010・8
獅子の剣　八州廻り浪人奉行　双葉文庫　2010・12
昇龍の剣　八州廻り浪人奉行　双葉文庫　2011・4

●「酔いどれて候」シリーズ
酔眼の剣　酔いどれて候（1）　角川文庫　2010・7

凄腕の男　酔いどれて候（2）　角川文庫　2010・9
秘剣の辻　酔いどれて候（3）　角川文庫　2010・12
武士の一言　酔いどれて候（4）　角川文庫　2011・6
侍の大儀　酔いどれて候（5）　角川文庫　2011・12

●「さばけ医龍安江戸日記」シリーズ

さばけ医龍安江戸日記　徳間文庫　2011・3
名残の桜　さばけ医龍安江戸日記　徳間文庫　2011・9

●「剣客船頭」シリーズ

剣客船頭（一）　光文社文庫　2011・5
天神橋心中　剣客船頭（二）　光文社文庫　2011・9
思川契り　剣客船頭（三）　光文社文庫　2012・1

●「よろず屋稼業早乙女十内」シリーズ

雨月の道　よろず屋稼業早乙女十内（一）　幻冬舎時代小説文庫　2011・6
水無月の空　よろず屋稼業早乙女十内（二）　幻冬舎時代小説文庫　2011・12

●「闇斬り同心　玄堂異聞」シリーズ
★「闇同心・朝比奈玄堂」シリーズ（コスミック時代文庫）を大幅改稿の上、改題した新装版です。
撃剣復活　闇斬り同心　玄堂異聞（一）　双葉文庫　2011・6
凶剣始末　闇斬り同心玄堂異聞（二）　双葉文庫　2011・9
剛剣一涙　闇斬り同心玄堂異聞（三）　双葉文庫　2012・2

●「真・八州廻り浪人奉行」シリーズ
誓天の剣　真・八州廻り浪人奉行　双葉文庫　2011・10
虹輪の剣　真・八州廻り浪人奉行　双葉文庫　2012・3

この作品は徳間文庫のために書下されました。

徳間文庫

さばけ医龍安江戸日記

# 侍《さむらい》の娘《むすめ》



2012年3月15日　初刷

著者　稲《いな》葉《ば》稔《みのる》
発行者　岩渕徹
東京都港区芝大門二―二―二〒105―8055
発行所　株式会社徳間書店
電話　編集〇三(五四〇三)四三五〇　販売〇四八(四五一)五九六〇
振替　〇〇一四〇―〇―四四三九二
印刷　図書印刷株式会社
製本　東京美術紙工協業組合

ISBN978-4-19-893511-5　(乱丁、落丁本はお取りかえいたします)